Mooser G´schichtn

Sepp Lehner

Mooser G´schichtn

©2012
Verlag Josef Duschl, Winzer
Alle Rechte vorbehalten
Satz & Layout: Anna Duschl

Printed in Germany
ISBN 978-3-941425-51-4

Inhaltsverzeichnis:

Vorwort	9
Der Gruß	11
Gedanken im Kloster	11
Habe die Ehre	12
Ideen muaß ma hobn	13
Schlagfertig	14
Schlagfertiger Pfarrer	14
Schwarzbraunes Maderl	16
Die Huadara – Schöpfunggeschichte	16
D´Teisnacher Tour	19
So früah ...	20
Sonnenfinsternis	20
Wos hoaßt denn des?	21
Probleme einer Gehirnzelle	21
Nix vo da Mam	22
„I bet´"	22
Kaffee kochen	22
Da Dertuatdochnix	23
Beten hilft	26
Danebnglangt	26
Der Blondinenwitz	27
Der „Gemeine Huadara"	27
Der erste Einser	30
Der Schlaf des Gerechten	30
Glück g´hobt!	31
Genau 103 Kilo	32
Hoit´s Mäu	33
I glaub, de is´ net	34
Karfreitags – Ratschn	34

De mitn Huat sand guat	35
G´schenkte Äpfe	39
D´Farb geht aus	39
´s Leben is grausam	40
Ois´wird schlechter	40
Das Märchen von den Schwarzen Rauchzeichen	41
Naa, du!	45
Do werdn ´s schaun!	46
Wo derf i´s denn hi´schreiben?	47
Die Wallfahrt	47
Der Abb beim Orthopäden	49
D´Schui is aa nimmer des	49
Gott sorgt sich um die Huadara vom Lehner Franz	51
An Pflug möcht i net lerna	53
April, April	53
Der Bierkrieg	55
Das Goggomobil	58
Die Drahbänk	59
Mei Gickerl	60
Beim Watten	63
Mei Oma aa	64
Sauhund´!	65
Mit gutem Beispiel voran gehen	67
Leut hätt ma gnua	68
D´Melodie vergessn	68
Wos bei de Frauen zählt	69
Da Hamberger Karl	70
Unterschied Männer – Frauen	72
´s eigne Haus	74
Pfarrer fällt unter Heudiebe	76

Polizist sperrt sich selber ein	77
Nikolaus bei den Ederbuben	80
Nikolaus mit Lesestörung	80
Wat spielt ihr´n jetz?	80
Weihnachtliche Nächstenliebe	81
Völkerverständigung	82
Auf großer Fahrt	83
Der Abkürzungswahn – Ein Tag wie jeder andere	86
Kemma mir aa in dem Büachl vor?	88
Fußballmatch (Sketch)	89

Vorwort

Nachdem wir Huadara beim 3. Mooser Hoagarten in der Schlosswirtschaft beim Kurz Michl unsere erste CD aufnehmen wollten und von einem bekannten Autor keine Genehmigung bekommen haben, seine Geschichten auf CD zu veröffentlichen, hatten wir plötzlich ein Problem: Wir brauchten Geschichten, die zwischen den Musikstücken vorgetragen werden konnten. Da kam uns die Idee, eigene Geschichten zu erzählen; denn, wenn sie uns gefielen, würden sie den Besuchern auch gefallen, dachten wir.
Und so kam es auch: Der Lehner Franz erzählte, wie die Huadara aus dem Paradies vertrieben wurden. Vom Schwab Bernd erfuhr man, wie er an Weihnachten seine neue Feiertaghose kürzen ließ, und der Lehner Sepp berichtete, wie er beim Bierfahren auf der sonst „trockenen" Teisnacher Tour zu einer Brotzeit kam und wie ein Pfingstfestbesucher seinen Platz wieder fand. Das kam gut an!
Warum die Geschichten so gut ankamen? Weil sie alle zum Teil fast hundertprozentig genauso passiert wären. Und drum überlegte ich mir, dass man mehr solche Geschichten aus Moos, von den Huadaran und aus der Schule sammeln sollte. Sie werden es nicht glauben - das habe ich (mit Hilfe meiner Freunde) getan - und Sie halten sie in Händen.
Ganz bewusst habe ich die Themenbereiche durcheinander gemischt, und wenn sie einmal von Euro und dann wieder von D-Mark lesen, so deutet das auf die Entstehungszeit der Geschichten hin.
Zu danken habe ich vor allem den Huadaran, sie haben (freiwillig oder unfreiwillig) den meisten Stoff geliefert, der Jäger

Hans hat dankenswerter Weise Korrektur gelesen und Sie noch vor einer Menge von Schreibfehlern bewahrt. Dann vor allem der Jäger Angela, die sich über die Zeichnungen hergemacht hat, obwohl ich ihr schnell klar gemacht habe, dass sich der Gewinn in Grenzen halten würde. Sie hat sich hoch engagiert reingehängt und die Geschichten wunderbar illustriert. Allein die Entstehung dieser Zeichnungen war es schon wert, diese Geschichten aufzuschreiben.

Nicht zuletzt sollte ich noch erwähnen, dass Anmerkungen über meine Frau, die auch nur den Anschein erwecken, sie sei keine Traumfrau, völlig aus der Luft gegriffen und frei erfunden sind.

Und es freut mich auch, dass ich einige Täter oder Opfer mit deren Einverständnis im Buch mit Namen nennen darf. Denn das weist darauf hin, dass die meisten Geschichten wirklich so passiert sind.

Und so wünsche ich allen Lesern viel Spaß! Vielleicht wissen Sie ja auch eine schöne Mooser Geschichte? Ich würde sie gern aufschreiben!

Sepp Lehner

Der Gruß

A poa ältere Manner stehn in der Deggendorfer Straß beinand und ratschn. A kloana Bua kimmt mitn Radl daher, schaut's olle grouß und kloa o und fahrt ohne Grüaßn vorbei. Schreit da Breuherr Sepp nachi: „Sog fei nix!" Da Bua gibt wia aus der Pistole g´schossn z´ruck: „Han eh nix g´sogt!"

Gedanken im Kloster

Bei einem Ausflug ins Kloster Reichersberg in Österreich folgte die Ertl Hermine einem inneren Drang und spendierte eine Kerze und zündete sie vor einem kleinen Altar an. Da Kröninger Michl schaute verständnislos zu und fragte:
„Warum tuast iatz des?" „Ja mei!", war die Antwort, „weil i hoid a Anliegn han!" Do meint der Michl: „Do derfat i de ganz Kircha anzündn!"

Habe die Ehre

Unsere Allee ist hochbetagt und deshalb müssen auch manchmal Bäume aus Sicherheitsgründen gefällt werden. Die werden aber wieder nachgepflanzt. Das Holz darf man sich dann nach Absprache mit dem Gräflichen Forstamt zusammenschneiden und zum Heizen heimfahren. Das ist oftmals recht mühevoll, weil man mit der Motorsäge in Nägel rein schneidet oder auf Beton triff, mit dem man früher die Baumhöhlen ausfüllte, um die Lebensdauer zu verlängern.

Kurz und gut: Eines Tages hat der Lehner Franz so einen Baum zu zerlegen gehabt. Am Abend im Wirtshaus pflaumt ihn der Scheuer Rupert an: „Na, mit deiner Holzmacherei in da Allee draußt geht oba net viel weiter!" Der Franz hot gleich eine Erklärung: „Wia soi denn do ebbs weitergeh? Olle paar Minutn fahrt oana vorbei, dann muaßt d´Händ auf d´Höh reißn zum Grüaßn. Do kann ja nix geh!"

Am nächsten Tag war das Problem gelöst. Der Rupert stellte am Straßenrand ein Stativ mit einer Plastikhand drauf auf. Ab jetzt konnte der Franz ungehindert weiter arbeiten, und musste nicht dauernd zum Grüßen unterbrechen.

Ideen muaß ma hobn

Die Mooser Schlosswirtschaft hat mit de Wirte Höhen und Tiefen derlebt. Da Schönhofer Luck war einer der besseren Wirte in der Schlosswirtschaft. Daneben war er auch noch AH – Vorstand.

Durch seine Bauernschläue konnte er sich einmal aus einer verzwickten Situation retten:

Er hatte aus Versehen gleich mit zwei auswärtigen AH-Mannschaften an einem Termin im Frühling ein Freundschaftsspiel in Moos vereinbart und wie es der Zufall haben wollte, wurde auch noch für den gleichen Tag das erste Spiel der AH- Verbandsrunde für die AH Moos in Buchhofen angesetzt.

Der Luck fand eine Lösung: Er ließ die Weidener und die Passauer AH in den beiden Kabinen umziehen, wobei jede Mannschaft glaubte, die anderen seien die Mooserer. Der Luck selber verband sich die Hand ganz dick und erklärte den Spielführern, er selbst könne leider wegen einer Schnittverletzung nicht mitspielen. Nach dem Anstoß fuhr er mit der Mooser AH zum Spiel nach Buchhofen.

Bei Weiden spielte aber der gebürtige Mooserer Eckl Helmut, er hatte das Spiel vereinbart. Und der wunderte sich schon bald, dass er gar keinen von den „Mooserern" kannte. Und dann stellte sich halt heraus, dass die AH Moos gar nicht dabei war. Am Ende des Spiels tauchte der Luck wieder auf und die Auflösung gab ein großes Gelächter unter allen und eine gute Zeche mit drei Mannschaften für den Wirt.

Schlagfertig

In den achtziger Jahren war eine Krise mit den Wirten in der Schlosswirtschaft. Alle Augenblicke war ein anderer da, und so mancher beherrschte sein Geschäft und den Umgang mit Kundschaft und Vereinen eher weniger. Einmal, Sommer war´s, hielt der FC Moos mit Vorstand Sepp Stübinger im Biergarten der Schlosswirtschaft sein traditionelles Gartenfest ab. Mit dem Wirt war abgesprochen, dass der FC die Getränke verkauft und der Wirt die Speisen. Im Lauf des Festes stellte sich heraus, dass ganz ordentlich gebechert wurde, aber kaum jemand Brotzeit machte und der Wirt so recht wenig Geschäft machte. Er stellte den Vorstand zur Rede: „Nächstes Jahr geht das nimmer so! Da verkauf i beim Gartenfest die Getränke!" „Nächsts Joa," gab der Stübinger Sepp schlagfertig zurück, „nächsts Joa bist du scho lang nimmer do!" Und Recht hat er gehabt!

Schlagfertiger Pfarrer

Frühra warn im Dorf de drei bis vier prominentestn Leut: Da Pfarrer, da Buagamoasta, da Apotheker, vielleicht no da Lehrer. Und de hamm se im Allgemeinen guat vertrogn, hamm se reglmäßig zu an Stammtisch troffa, o poa Weinderl trunka und Kartn g´spielt.

Bei uns is do seit Jahren da Wurm drin: Des mit da Apothekn is nia ebbs worn, an Lehra glaubt heut neahmd mehr ebbs, weil´s olle besser wissen – und da Pfarra und da Buagamoasta hammd in unserner Gmoa an unterschiedlichn Glaubn – zumindest wos an Fuaßboi angeht.

Da Buagamoasta is a Blauer, da Pfarrer is a Routa – und do gibt's oiwei ebbs zum Obtakln – des, wos de Blauer im Fußboi hint dro sand, kinnans a se mitn Mei umso besser helfa, und dafür hot da Pfarrer dö Möglichkeit, dass er seine Triumphe sogoa in da Kircha verkündn ko.

Amoi sands wieda Moasta wordn, de Rotn. Und da Herr Pfarrer Blömecke hot am Ende vom Gottesdienst gmoant, er möchat olle Bayernfans recht herzlich gratuliern zu dem großartigen und verdienten Erfolg. Do hot's da blaue Sechzger - Bürgermoasta Hans Jäger drobn an da Orgel nimmer derpackt und hot mit Arm und Füaß auf 'd Orgel druckt – a kurzer Zwischnruf sozusagen. Oba da Pfarrer hot se net drausbringa lossn und hot grod no gsogt: „Wir freuen uns auch über die Glückwünsche von der Gegenseite!"

Schwarzbraunes Maderl

Bei de Huadara wird manchmal bei einem Auftritt das Lied „Schwarzbraunes Maderl" gesungen. Das Publikum singt abwechselnd, die Männer rufen: „Schwarzbraunes Maderl, allerliabstes Schatzerl, derf i amoi kemma bei der Nacht zu dir?" Und die Frauen antworten: „Bis zu meiner Haustür … (Stiagn, Kammertür …) derfst scho kemma. Weiter oba, weiter oba net!" Als unser Herr Pfarrer Heinrich Blömecke voller Inbrunst mitsingt, gibt ihm sein Vater einen Stoß in die Rippen: „Wos werst denn du do ois Pfarrer aso mitsinga!?"

Die Huadara – Schöpfunggeschichte
Mit freundlicher Genehmigung des Autors Lehner Franz

Wie der Herrgott lange nach Adam und Eva an einem Sonntag einmal nicht wusste, was er machen sollte, dachte er sich: „Heute mache ich Menschen!"

Er nahm Loambatzen und wutzelte eine Zeit lang und dann hauchte er ihn an. Weil er nicht lang genug wutzelte, ist ein Lehrer draus geworden, nämlich der Hans.

Am Montag schon in aller Herrgottsfrüh bekam der Herrgott Gewissensbisse. Weil er gewusst hat, dass ein Lehrer auf der Welt allein hilflos ist, dachte er sich, er muss noch einen machen, diesmal einen viel größeren, er wutzelte fast den ganzen Vormittag und hauchte ihm dann den göttlichen Odem ein, das war dann der Franz.

Und weil der Herrgott so gut drauf war, sagte er am Dienstag nach den Weißwürschten: „Ich brauche noch einen Schreiner, der die Paradiesbaambrettl verarbeiten kann." Und so ge-

schah es, dass er einen langen Loambatzen nahm, und weil er so gut aufgelegt war, hat er bei der Arbeit vor sich hin gepfiffen und drum ist der Schreiner besonders musikalisch geworden, das war der Abb. Und der Herrgott war zufrieden, weil er sah, dass es gut war.
Und weil der Herrgott ein Mann mit Weitblick ist, dachte er sich am Mittwoch, dass er noch einen Lehrer braucht, weil einer allein keine Konferenz halten kann. So nahm er sein Sonntagsmuster her und schuf noch einen Lehrer, das war der Sepp. Und der Herrgott sah, dass es gut war.

Dem Herrgott haben seine Kreaturen recht gut gefallen und drum machte er am Donnerstag noch einen Sepp, diesmal den Staudhammer, damit die zwei Seppen einen Josefiverein gründen können.
Am Freitag hat es dann Fisch gegeben und kein Fleisch nicht, drum war der Herrgott nicht so gut aufgelegt, weil er eigentlich keinen Fisch nicht mag. Drum war er grantig und wollte der Menschheit etwas antun, und dies tat er dann: Er schuf den Finanzbeamten, das war Kuno (drum spricht man auch heute noch vom „schwarzen Freitag").
Und weil der Herrgott nicht bei der Gewerkschaft war, die ihm seine Arbeitszeit geregelt hätte, musste er am Samstag auch arbeiten. Er überlegte nicht lange, kratzte den ganzen Lehm zusammen und formte einen, der einen Mercedes bauen kann, das war der Bernd.
Und kaum hat er den Bernd fertig gehabt, hat es furchtbar zum Regnen angefangen. Wie getaufte Pudel sind die 7 Kreaturen vorm Herrgott gestanden, und weil sie ihm erbarmt haben, setzte er ihnen Hüte auf und sagte: „Ihr seids die „Hu-

adara", ihr sollt singen und der Menschheit mit eurem Gesang eine Freude bereiten." Und die Huadara ließen sich das nicht zweimal sagen, und voller Inbrunst sangen sie ihre ersten Lieder (Aber Herrgott, was samma denn schuidig?, D´Wirtsdirn von Haslbach und ´s Suserl).
Und der Herrgott sah, dass es gut war.

D´Teisnacher Tour

Bier und Brauerei gehören zu Moos wia ´s Amen zum Vater unser.

Ois armer Schüler hot ma oiwei g´schaut, dass ma se in de Ferien a paar Mark verdienen kann und so hob i jahrelang ois Ferienjob Beifahrer beim Bierausfahren gmacht.

Des war zwar hi und da ganz schön anstrengend, aber öfter hot ma aa lustige Gschichtn erlebt. Besonders gfreut hot ma se, wenn ma in Gasthäuser kemma is, wo ma ebbs zum Trinka kriagt hot nochn Abladn. Zum Beispiel auf der Vilshofner Tour hot ma se nia ebbs zum Essn oder zum Tringa kauffa braucht. Es hot aber aa andere gebn, zum Beispiel d´Teisnacher Tour, do hots bei goa koan Wirt ebbs gebn. A ganz a trockene Angelegenheit. Eines Tages hots uns wieder dawischt, mi und mein liabstn Fahrer, an Franz. I hob scho glangt, wia i d´Ladelistn gsehgn hob: Teisnach - au weh.

So hamma hoit den ganz Tag dahigarbeit- ohne Freibier und Brotzeit. Am spätn Nachmittag auf der Heimfahrt Richtung Deggendorf sagt da Franz auf amoi: „Geh ma ebba no a weng ins Deggendorfer Volksfest?" „Mir is´gleich," hob i gsogt - oba denkt hob i mir: „Do werd ´s Bier recht teuer sein." Na guat, ausgmocht is ausgmocht. Wia ma ausgstiegn sand, hob i glei mein ledern Arbeitsschurz obato, wia ma des oiwei to habn beim Eikehrn. Oba da Franz hot gsogt: „Den muaßt heit anlassn!" Des hob i zwar net verstandn, oba i hob an Schurz anlassn. Und da Franz hot gmoant: „Des sehgst iatz glei, warum!"

Dann san ma in voller Bierfahrermontur eini ins Zelt und hamm uns in der Nähe vom Gickerlstand hingstellt und a bisserl gwart. Auf oamoi schreit oane von de Gickerl - Verkäu-

19

ferinnen umma: „Seids es Bierfahrer?" „Ja", hamma gsogt. „Glei!" sagt sie und schneidt uns an Gickerl auseinander und tuat na uns her.
Iatz hob i aa gwißt, warum ma mir den Schurz anlassn habn: De hot gmoant, mir hamma fürs Volksfest a Bier brocht. Ja, und an da Schenk war aa no an bekannter Bierfahrer - do war dann ´s Bier aa net gar z´teuer. Und aso hat de trockene Teisnacher Tour an dem Tog amoi a guads End gnumma. Und mir hamma überhaupts net glogn!

So früah ...
Informationsabend über das Infozentrum Maxmühle. Etwa 60 Besucher im Saal der Schlosswirtschaft. Eine Frau vom Landesbund für Vogelschutz hält einen hochinteressanten Vortrag über die Vogelwelt des Mündungsgebietes.
Nach dem Ende wird noch ein bisserl geratscht und dann verklauben sich die Leute ziemlich schnell. Am Schluss sitzen, während rundum aufgestuhlt wird, nur noch der Kuno, der Bernd, ich und der Eder Konrad da. Der schaut auf einmal im Saal herum, dann auf die Uhr und meint: „So früah war ma no nia de Letztn!"

Sonnenfinsternis
Am 15.8.1999 war bei uns eine wochenlang in den Medien groß angekündigte (fast) totale Sonnenfinsternis. Um 12.38 Uhr wurde es tatsächlich für zwei Minuten ziemlich duster -

wir waren schwer beeindruckt.
Am Nachmittag haben wir an einem Nebengebäude Renovierungsarbeiten verrichtet. Do schmatzt die Nachbarin Rosa übern Zaun rüber: „Des mit dera Sonnenfinsternis, moanat i, hot eah a net aso hig´haut, wia´s a se denkt habn!"

Wos hoaßt denn des?
Meine Schrift war noch nie eine der schönsten, das haben mir die Lehrer in der Volksschule schon bestätigt. Nun, wenn man selber Lehrer ist, muss man sich da schon ein wenig zusammenreißen!
Eines Tages habe ich einem Drittklässler etwas unter einen Hefteintrag geschrieben. Als er das Heft zurück bekam, kam er gleich gelaufen und fragte: „Wos hoaßt denn des, wos Sie do drunter g´schriebn hammd?" Reumütig habe ich es ihm vorgelesen: „Du musst deutlich lesbar schreiben!"

Probleme einer Gehirnzelle
Bei einer Kollegin aus der ersten Klasse ist folgende Geschichte passiert:
Ein kleiner Knirps stellt sich in der Pause zu ihr hin und unterhält sich ein wenig mit ihr. Auf einmal meint er: „Bei dir möchte ich keine Gehirnzelle sein."
Sie ganz überrascht: „Warum denn net?" Und der Kloane ganz unschuldig: „So einsam!!!"

Nix vo da Mam

Im Wirtshaus wird aa oft über d´Leut a weng g´schmatzt. Als der Jahrstorfer Abb das Gesprächsthema ist und einige Stückl von ihm zum Besten gegeben werden, fragt einer: „Ja, hot denn der goa nix vo da Mam?" „Jo", hot da Bernd g´sogt, „d´Bierzeichn!"

„I bet´"

Der Altschäfl Sepp is seiner Lebtag selber mit´n Auto g´fahrn, nur im Notfall lasst er seine liebe Maria ans Steuer. Und die reißt sich auch gar nicht darum, weil er halt gar kein geduldiger Beifahrer ist. Er hat für jede Situation einen Kommentar bereit und mischt sich viel zu viel ein.
Eines Tages muss sie ihn zum Doktor fahren. Er sitzt wortlos auf dem Beifahrersitz und sagt überhaupt nichts. Das beunruhigt sie nun doch ein bisserl. Und so fragt sie ihn: „Warum sogst denn heut goa nix über mei Fahrweise!" Der Sepp gibt nur zurück: „I bet´!"

Kaffee kochen

Heutzutag ist man in der Schule schon vorsichtig, Kinder Witze erzählen zu lassen, weil die kein Gefühl mehr haben, was man anständigerweise von sich geben kann.
Zum Verständnis der Geschichte muaß man aa no wissn, dass i in de Neunzigerjahre mit der Original Mooser-AH-Band bei so mancher Hochzeit Musik gespielt habe und auch beim Brautstehlen ein aktive Rolle zu übernehmen hatte.

Jedenfalls kommt in der Pause ein Drittklässler daher: „Derf i eahna an Witz erzähln?" Freilich darf er. Und schon legt er los: „ Do hammd amoi zwoa g´heirat. Und nach der Hochzeitsnacht in da Früah hot de junge Frau dem Mann einen Renner gegeben und hot g´sogt: „Geh weiter, steh auf und moch an Kaffee! Oder kannst des aa net?""
Ich gebe mich leicht entrüstet und sage: „ Na, na, du erzählst aber schöne Witze! Wo hast denn den her?" Da meint er: „Den host doch du selber erzählt. Des hob i auf´m Hochzeitsfilm vo meiner Tante g´sehgn."

Da Dertuatdochnix

Da fahr ich neulich mit meiner Frau per Rad Richtung Moos am Hof vom Hundinger vorbei, von weitem hör ich schon das gewohnte laute und aufgeregte Gebell seines Stiegenglandermischlings, das immer zu hören ist, wenn jemand am Hof vorbei fährt. Nur heute springt er nicht wie gewohnt am Tor hoch, sondern ich sehe, dass das Tor offen ist. Der Hundinger ist im Vorgarten beschäftigt und lächelt wohlgefällig ob den wohltuenden Klängen in seinen Ohren, da tritt meine Frau etwas auf die Bremse, weil das Tier schon erwartungsfroh auf die Straße gerannt ist und dort bellend hin und her springt. Der Hundinger schaut kurz auf und ruft freundlich: „Dertuatdochnix!" So heißt der kleine Frechdachs also. Ermutigt, aber vorsichtig tritt meine Frau wieder in die Pedale und der Dertuatdochnix läuft bellend neben ihr her und springt fröhlich an ihren radelnden Beinen hoch, begleitet vom verständnisvollen Lächeln des Besitzers. Der Dertuatdochnix weiß natürlich nicht, dass meine Frau in ihrer Kindheit keine Haustiere hatte. Deshalb hat er auch kein Verständnis dafür, dass sie kurz das rechte Bein vom Pedal nimmt und nach ihm tritt. Zack! Hat er sie auch schon in die Wade gezwickt. Ein spitzer Schrei und meine Frau springt vom Rad. „I blüat!" Tatsächlich haben die Zähnchen deutlich rote Spuren hinterlassen. „Ach wo, Dertuatdochnix", erklärt der Hundinger und eilt herbei. Und als er die Wunde sieht, erklärt er meiner Frau ganz geduldig, was sie falsch gemacht hat.

„Dertuatdochnix, der hot no nia wos to! Wennst du natürlich mitn Haxn noch eahm schlogst, …. – ja wehrn derf er sich wohl no! Und no ebbs: Nia a Angst zoagn, dann traut er sich goa net." Wir haben uns vielmals entschuldigt und die Arztrechnung für die Starrkrampfspritze nicht bei der Krankenkasse eingereicht, damit es keine unangenehmen Nachfragen wegen dem Fehlverhalten meiner Frau gibt. Da hat man schnell eine Anzeige. Und weil der Dertutadochnix eine sehr feine Psyche hat, schimpft ihn sein Herrle auch nicht, wenn er stundenlang bellt. Sonst muss er auch noch zum Psychiater. Aber wenn die Umwelt ein bisserl mithilft, haben solche neue Tierarten durchaus eine Überlebenschance:
Kürzlich ist uns der Dertuatdochnix mit seinem Herrle begegnet

(natürlich ohne Leine, wo denken Sie denn hin – die hat das Herrle um den Hals gehängt), dann habe ich unsere Enkel schnell rücksichtsvoll in den Straßengraben gezogen – und es gab kein Problem. Einmal ist der Dertuatdochnix an der Dreijährigen freudig hochgesprungen und hat sie so umgeschubst, dass er selber erschrocken ist. Aber kein Wort des Vorwurfs vom Hundinger an mich, nur die verständnisvolle Bemerkung, während ich die Kleine aufklaube: „Steht no net so sicher auf de Füaß, de Kloa?"

Ich bin froh, dass mir hinten naus de Wies hammd, weil wenn der Hundinger mit dem Dertuatdochnix und der Hundsmeier mit dem Detuatnianix oder die Hundsgruberin mit ihrem neuen Derhotnoniawosdo zweimal am Tag vorbei gehen, dann wissen sie gleich, wo sie ihr Gschäfterl verrichten können. Manchmal pressiert's schon ein bisserl, da muaß des Hunderl halt neben unserem Zaun schon. De drei Herrle denkan se hoit: Dersogtnianix.

Obwohl, wenn i aso rechne: Drei Dertuatnix mal zwei Mal Stuhlgang (oder sagt man da anders – Losung oder so?) sind schon 6 Portionen am Tag, 42 in der Woche, 180 Häufchen im Monat und so geschätzte 2 000 Teigportionen im Jahr. Seh'n Sie, und das ist die Milchmädchenrechnung, weil nämlich die Ware meist eh schon ziemlich trocken hinterlassen wird und dann bald auf natürlichem Weg zerbröselt. Und wenn man ein bisserl schaut, dann muss man da nicht hineintreten. Bei passendem Wetter ist das nach einer Woche vertrocknet, das heißt, auf den 25 Metern entlang der Straße befinden sich höchstens 42 noch echte, intakte Häufchen – destuatdochnix! Eines Tages muaß i amoi Einladungen für's AH-Fest in den Briefkasten werfen. Zum Glück ist das Tor vom Dertuatdochnix diesmal geschlossen, da bin ich sehr erleichtert. Doch als ich mich nähere, steht der Dertuatdochnix mannshoch am Türl neben dem Postkasten, bellt aus Leibeskräften und wedelt mit dem Schwanz wie verrückt. Doch der Hundinger hat die Sache voll im Griff. Geduldig zieht er den Dertuatdochnix am Halsband vom Türl weg und sagt ihm beruhigend ins Ohr. „Dertuatdochnix! Des is a Lehrer, der hot iatz Ferien!" Humor hot er ja, der Hundinger.

Beten hilft

Sonnwendfeier aufm Volksfestplatz vor a poa Joa. Bevor´s überhaupt losgeht, fangt a furchtbars Wetter an. D´Leit flüchtn se ins kloane Barzelt, unter anderm unser Herr Pfarrer Heinrich Blömecke. Do frotzelt oana umma zum Pfarrer: „Wenn da Herr Pfarrer g´scheit bet´ hätt, dann hätt ma iatz koa so greislich Wetter!"
„No, no", hot da Pfarrer aussagebn, „wos moanst, wia greislich des Wetter waar, wenn i net bet hätt!"

Danebnglangt

Wia ma früher mit der Original Mooser AH - Band Hochzeitn gspielt habn, hot da Staudhammer Sepp oiwei sein Ehrgeiz dreig´setzt, dass er oans von de Blumengestecke, die auf de Tische gstandn sand, für sei Walli mit hoambringt. Er is hoit a oider Schleimer! Und des war oft gar net so leicht, weil die Bedienungen und manche Gäste aa auf des g´specht habn.

Unser letzte Hochzeit hamma für'n Binder Anton in Wallerdorf draußd g'spielt. Und tatsächlich hot se da Sepp wieder so a G'steck g'schnappt. Wia ma dann im Auto sitzn beim Hoamfahrn, streicht er ganz stoiz im Finstern über seinen Fang, auf aomoi schreit er: „O leck, iatz hob i an Wirt seine Seidnbleame dawischt!"

Der Blondinenwitz
Der Markus kommt in der zweiten Klasse von der Schule heim und weiß einen Witz:
„Was macht eine Blondine, wenn sie in der Wüste eine Schlange sieht?" Keiner weiß es!
„Sie stellt sich hinten an! – Mama, wos is denn eine Blondine?"

Der „Gemeine Huadara"
Gattung
Wie der Dreckspatz, der seltsame Vogel und der Gimpel gehört der „Gemeine Huadara" zu den Singvögeln. Nicht zu verwechseln ist der „Gemeine Huadra" mit Star und Nachtigall, auch der Koutantara hat mit dieser edlen Art nichts gemein. Gängige Unterarten sind der Holzlabb (auch Nachtschwalbe genannt), der BMWürger (auch unter dem Namen Waldohreule bekannt), der Gendarmenschnäpper, der Heizkauz, der Steuermelker und der Buchfink bzw. Napfleerer und der Graukopfsperling.

Zum Paarungsverhalten
Intensives Paarungs- und Balzverhalten wird überwiegend nur bei jüngeren „Gemeinen Huadaran" gepflegt, – die sind aber vom Aussterben bedroht. Jedoch sind auch die Älteren beim Anblick fremder Weibchen durchaus in der Lage, ihre Unarten zu unterdrücken und sich von der besten Seite zu präsentieren, sie geben dann glucksende Lachlaute von sich und zeigen ihr Imponiergehabe durch melodische bis wilde Gesänge. Im Gegensatz zum Kuckuck baut sich der „Gemeine Huadara" selbst ein Nest für sich, das Weibchen und die Jungen. Der Huadara neigt zur Monogamie und ist da teilweise schon überfordert. Die Brutpflege überlässt er gern dem dazu mehr befähigten Weibchen. Stattdessen gesellt er sich zusammen mit anderen Vögeln in größeren Futterplätzen, wo sie sich hemmungslos dem Nahrungstrieb hingeben.

Federkleid
Bei den meisten Vogelarten trägt das Männchen das attraktivere, auffälligere Federkleid als das Weibchen. Das ist beim „Gemeinen Huadara" anders: Erstens gibt es schon innerhalb der Art häufig kein einheitliches Aussehen und zweitens: Bei diesen seltenen Vögeln sind es die Weibchen, die sich herausputzen in allen schillernden Farben. Sie sind häufig von gefährlichen Stoffwechselkrankheiten befallen, die sie aber intensiv bekämpfen.

Ernährung
Häusliche Ernährung nimmt der „Gemeine Huadara" gern und reichlich zu sich. In der Gesellschaft anderer Vögel jedoch kann sich sein Nahrungstrieb noch erheblich steigern. Er bevorzugt dann fette, kalorienreiche Kost, die er möglichst laut schmatzend mit seinen Artgenossen zusammen aus einem gemeinsamen Futternapf frisst. Jeder versucht dabei, dem anderen die besten Brocken wegzuschnappen. Die Fütterungsstellen sind dringend auf Spenden angewiesen.
Durch diese Art der Ernährung legt sich der „Gemeine Huadara" einen reichlichen Winterspeck zu, der ihn den schlimmsten Winter überstehen lässt.
Eine Abart des „Gemeinen Huadara" hat sich auf Fischfang spezialisiert, was sich wegen des geringen Beutefangs als evolutionäre Sackgasse erwiesen hat.

Artenschutz
Wegen seinem seltenen Vorkommen – in Bayern gibt es nur noch zwei bekannte Brutplätze mit wenigen Paaren - steht der „Gemeine Huadara" seit geraumer Zeit auf der Roten Liste der bedrohten Arten. Das Überleben der Art kann gesichert

werden durch reichliche Nahrungs- und Flüssigkeitsgaben. Da der Vogel ein Allesfresser ist, dürfte das nicht so schwer sein. Auch bei Getränken ist ihm alles zuträglich, außer vielleicht Wasser. Die Bundesregierung unter Frau Angela Merkel, die sich schon bei der Vogelgrippe so sehr bewährt hat, erwägt die Einsetzung einer Expertenkommission für die Erhaltung dieser einzigartigen Spezies. Wenn Sie das Überleben der Art unterstützen wollen: Es gibt eine Vogelstimmen – CD, der Reinerlös kommt in vollem Umfang der Arterhaltung zugute.

Euer Graukopfsperling

Der erste Einser
Der Franzl war an sich ein heller Kopf, aber in der Schule hat es einfach nicht zu einem Einser gereicht. Eines Tages ist wieder Zeugnistermin. Und diesmal kommt der Franzl sichtlich gut gelaunt mit dem Zeugnis heim. Von weitem schreit er schon: „Desmoi hob i aa an Oanser!" Freudig nimmt ihm die Mama das Zeugnis ab und schaut nach. Tatsächlich steht da eine Eins:
Unentschuldigtes Fernbleiben: 1

Der Schlaf des Gerechten
Der Xav ist ein Energiebündel, wia ma se´s nur grod vorstelln kann. An ganzn Tog arbeit´ und werkelt er, wos nur grod geht. Er kann sich koane fünf Minutn staad hoitn. Grod, wenn er auf d´Nacht ins Wirtshaus geht, do is er dann scho so müad, dass er am Tisch hi und do a wengerl eischloft.
Do is er amoi beim Hörner gwen – und tatsächlich, um ara viertel über zehne hot´s eahm ´s Gstell zsammghaut und er hot, wie üblich, a Schlaferl g´mocht. Seine „Freund", de mit

am Tisch g'sitzt sand, hammd schon g'wisst, wia des weiterlauft: Da Xav wacht zwischendurch auf, schaut auf d' Wirtshausuhr und dann schlaft er wieder weiter. Außer es is scho so spät, dass' zum Hoamgeh is.
Iatz hot oana de Idee ghobt: „Mir stell ma d'Uhr vor! Schau ma, wos er treibt."
Tatsächlich is da Xav nach einiger Zeit aufgwacht und schaut auf d'Uhr: Dreiviertel zwölfe! Da Xav reißt an Geldbeutel aussa: „Franz, zoin!", und is scho dahi.
Dahoam is er dann um dreiviertel elfe gwen und sei Frau hot na gfrogt: „Wos tuast denn du heut scho dahoam? Habt's enk z'kriagt?"

Glück g'hobt!
Beim Lehrerhoagartn in Künzing im Römerhof erzählt der Sigurd vom Schicksal des Kramer Michl vom Woid aussa: Schon sehr früh hat er die Mutter verlorn, in der Schule kam er nicht mit, dann ist ihm beim Dachreparieren ein großer Stein runtergefallen und hat seinen Vater erschlagen. Damit nicht genug, als er als Knecht beim Bauern arbeitete, kam er mit der Hand in die Futtermaschine und verlor sie dabei.
Der Kommentar vom Schwab Bernd: „Aber dennerscht g'heirat is er net gwen!"

Genau 103 Kilo

Oa oder zwoamoi im Joa fahr ma mit de Huadara in a Wirtshaus irgendwohin ins Trainingslager. Do arbeit ma ernsthaft den ganzn Tog für unsern Hoagartn, und auf d'Nacht sitz ma uns mit de Leut a wenig z'samm und sing ma und unterhoit ma uns.

Amoi war ma beim Nagerl in Marzling bei Freising. Do hot uns oiwei oana a so zuaglust und is oiwei näher zuara g'ruckt. Da Wirt hot scho gesogt, wenn's dem a Hoibe zoit's, dann is er euer größter Fan.

Mittendrin hot na da Bernd angredt – Mane hot er ghoaßn. „Du Mane, wenn'st derratst, wer vo uns siebn de zwao Lehra sand, dann zoi i dir a Hoibe." Da Mane hot kurz olle siebn ang'schaut, dann hot er auf'n Jäger Hans und auf mi deut: „De zwoa – woaß i gwiß!" „De Hoibe g'hört da!", hot da Bernd g'sogt. „Und wenn'st des nächste Rätsel aa no woaßt, kriagst no a Hoibe!" Und dann hot er'n gfrogt: „Wia schwar schatzt denn du an Abb?" Do hot da Mane den Abb ganz genau von obn bis untn angschaut, und dann hot er gsogt: „Genau 103 Kilo".

Da Abb sogt: „Des gibt's ja net. Gestern hob i mi gwogn - genau 103 Kilo hob i ghobt! Wia woaßt denn du des?"
Do hot da Mane gmoant: „Woaßt, i bin g'lernta Metzga. Und bei der G'sellnprüfung hamma mir des Sauschatzn g'lernt!"

Hoit's Mäu

Unser Wirt, da Michl, spendiert uns Huadara noch jeda Probe, wenn ma zu eahm eini kemmand, a Brotzeit. Aa wenn de Probe goa nix mit eahm z'toan hot.
Iatz hob i mir scho länger denkt: Des braucht's doch net. Des kann ma doch goa net annehma. Dann hob i bei der Probe amoi mit de andern gredt: „Des müaß ma eahm sogn, dass des net sei muaß und dass's des net braucht." Olle hammd ma Recht gebn. Heut sogn ma's eahm!
Dann san mir in d'Schlosswirtschaft, hamma uns no a Hoibe kauft nach der Probe. Boid drauf geht d'Tür auf vo da Gaststubn und da Michl kimmt eina mit a Riesn-Brotzeitplattn und steuert auf unsern Tisch zua. Do gibt ma da Abb einen Renner und sogt: „Hoit du bloß dei Mäu!"

I glaub, de is´ net

Die Gutscher Bärbel war die Tochter eines Fotografen aus Moos, in den fünfziger Jahren haben sie hier gelebt. Dann sind sie weggezogen. Jahre später hörte man, dass die Bärbel Schauspielerin geworden ist und als Barbara Bouchet sogar in einem James-Bond-Film mitgespielt hat. Sie ist in der Zeit in ganz Moos und Umgebung auf Werbe-Plakaten für Arcobräu zu sehen gewesen, und der Bapp vom Abb hat immer ganz stolz erzählt, dass er mit ihr in die Schule gegangen ist. Eines Tages liest der Bapp in der Fernsehzeitung und schreit: „Do kimmt a Film mit der Gutscher Bärbel. Mit dera bin i in d´Schui ganga! Den schau ma uns an!" Das Ereignis ist so bedeutend, dass sogar der kleine Abb mit seinen 9 Jahren bis spät in die Nacht aufbleiben darf. Endlich geht´s los. Aber schon nach kurzer Zeit fängt die Bärbel an, sich zu entblättern bis auf die Haut. Der Abb senior wird immer unruhiger, und als die ehemalige Mitschülerin dann mit einem Mann ins Bett hupft und dort ziemlich eindeutige Bewegungen macht, da meint der Senior zum Junior: „I glaub, de is´ doch net! Geh ma ins Bett!"

Karfreitags – Ratschn

Am Gründonnerstag fliegen nach alter Tradition die Glocken nach Rom, es wird in der Kirche nicht geläutet. Die Glocken werden durch die Karfreitags - Ratschen ersetzt.
Am Karfreitag war einigermaßen passables Wetter, so dass wir, die Jägers, Schwingenschlögls und Lehners nach der Kirche gegen Abend zu einer kleinen Radltour aufgebrochen sind. Auf dem Donaudamm versperrte eine Frau mit zwei an-

geleinten Hunden den Weg, so dass der Rudl mit seiner Radlglocke vorsichtig signalisierte, dass wir vorbei wollten. Das war dann auch kein Problem. Nur bemerkte der Hans hinterher: „Eigentlich hätt´ma ja am Karfreitag gar net läutn dürfn!"
Da hatte der Sepp die rettende Idee: „Loss ma hoit d´Ratschn voranfahrn!"
Ab da is die Fahrt ohne Behinderung weiter ganga.

De mitn Huat sand guat
Ihr frogt´s euch natürlich, warum de Huadara so ein Aufhebens (a Gschiß, auf boarisch) mochand wegn an Huad. Des möcht i a wenig erklärn:
Scho im Paradies hot der Herrgott in weiser Voraussicht de Huadara eahnane Hüat mitgebn, des wissma aus der Schöpfungsgeschichte vo de Huadara. Damit´s in der Welt draußt besteh kinnan. Dass eahnane wertvollen Gehirnzellen net aufgwoakt werdn.
Und scho boid is da Huad net nur a Deckl gwen, dass´ eahm net obregnt, sondern er is a Zeichen worn, wos ma für a Hund is. Da Chef hot scho bei de oidn Ägypter an andern Huat aufghobt ois wia da letzte Heuler beim Pyramidenbau.
Und dann hamms gspannt, dass ma oi, de wo zsammghörn, de gleichn Hüat aufsetzn kannt, nochand kennt ma´ s leichter. Do hamm dann de Soldaten vo oan Land de gleichn Dinger aufghobt, und dann d´Jager, und d´Räuber, und Cowboys und d´Mexikaner und d´Engländer, und d´Seppn, und Trachtler , und d´Pfarrer und Bischöfe. Grod bei de Weiberleit is des anderst: Do wenn zwoa den gleichn aufhammand, dann scha-

mand´s a se und werfand na weg. Olle zwoa. Dawei kannt na dann oane eh wieder hernemma!

Oba net grod´s Zsammghörn kennt ma am Huad, aa an Unterschied kann ma den andern zoagn: mit´n Dokterhuad, da Kini hot glei an goldern, die Köche je nach Rang, de hammand glei a sechs a siebn Hüat.

Und es is aa a Unterschied, wer an Huat aufhobn derf. A poa vo enk wissen des no, wia in an Wirtshaus da Knecht sein Huat obatoa hot müaßn – da Bauer hot na auflossn kinnt. Oba dafür hot na dann da Bauer vor sein Chef obatoa müaßn – und für an Bauern gibt´s nur oan Chef, des is da Herrgott. Oiwei hot da Kloa vor dem Groußn an Huat obatoa müaßn.

Ja, und beim Kartnspieln muaß oft amoi der gebn, der an Huat aufhot – und wer´s weitergebn vergisst, der muaß nomoi gebn. Do is da Huad praktisch a wenig a Gedächtnisstütze.

Aa im Umgang miteinander is da Huad a wichtigs Kleidungsstück. Koa Mensch tuat sei Hosn oba, wenn er an andern trifft – oba an Huat. Man zoagt dem andern damit, dass er koa Angst hobn braucht, weil ma aa net mehr unterm Huat hot wia er. Man zoagt praktisch sein Respekt vorm andern. Und wenn oana an Huat aufhot, wo er koan aufhobn soit, dann kinn ma ganz schö narrisch werdn – mia san ma olle scho amoi mit´n Auto mit dreißge hinter oan nochegfohrn, der wo an Huad aufghobt hot. Der hot a Glück, dass ma´n net daglanga ko.

A propos Respekt: Beim Wilhelm Tell hot des so weit gführt, dass´s an Huat vom Landvogt auf a Stang auffigsteckt hammand, und a jeder hot na grüaßn müassn.

Oba net oiwei hot ma am Huat wirklich kennt, wos für an Hirn druntersteckt. Oft is unterm feinen Filzhut von an Adeligen mehr Stroh gwen ois wia unterm Strohhuat von an Bauern.

De überragende Bedeutung vo dem Kleidungsstück kennt ma a daran, dass´s so viele Ausdrücke im Deutschn gibt, wo da Huat vorkimmt:
Hut hot oiwei a den Sinn vo aufpassn, beschützn ghobt: Da Hüatabua hot net deswegn aso ghoaßn, weil er an Huat aufghot hot, sondern weil er auf d´Viecherl aufpasst hot - gehütet.
Und bei de Soldaten hammds wegan aufpassn a Vorhut ghobt und a Nachhut.
Wenn ma mehra Meinungen hot, dann sogt ma: De müaß ma unter oan Huat bringa. Des hot frühra ghoaßn, dass´ zsammghoitn hammd – euch foit gwiß auf, dass des bei de Huadara heut no aso is.
Und wenn ma oan dick hammand, dann sogn ma: Mit dem hob i nix am Huat. Des hört si viel feiner an, ois wenn ma sogt: Der kann mi ...
Die notwendige Höflichkeit hot ma de Leit mit dem Sprichwort beibrocht: Mit dem Hut in der Hand kommt man durch´s ganze Land. ´s anständig Grüaß Gott sogn, war gmoant.
Aufpassn hot dann ghoaßn: Auf der Hut sein! Net auf dem Hut, des vortrogt der net.
Der Huat steht dir guat. Des hammd bestimmt d´Dirdln zu de Buam gsogt, des mögn´s.
Wenn sich a Stadt für ganz wichtig ghoitn hot, dann hot´s a se zum Beispiel Landshut g´nennt.
In der neueren Zeit ist die Schutzwirkung von an Huat dann a bisserl anders verstandn worn, und weil de Hüat goa so kloa sand, hot ma´s dann Verhüterli g´nennt.
Und wenn´s einen höheren Beamten aus sein Amt entfernen, dann sogt ma net: Den hammds aussegschmissn, sondern:

Er musste seinen Hut nehmen. Des hört se a weng feiner an, lauft aber auf´s Gleiche aussi.

Wo aber a jeder an Huad ins Mei nimmt, und man gspannts meistens goa net, des is beim Grüaßn in Bayern: Pfüat di Gott hoaßt nämlich ausgschriebn nix anders ois wia „Behüt dich Gott", und in dem Behütn, do steckt a wieder drin, da Huat. Da Herrgott soi an groußn Huad aufspanna über uns – hi und do brauch ma des scho!

Dass da Huat a zur Völkerverständigung an wesentlichn Beitrag leistn kann, des sehgt ma daran, dass ma mir de Tüßlinger Huadara gfundn hamd und se uns. Ohne Huat waar des nia passiert und d´Welt waar um so viel ärmer. De hammand a gspannt: A Mann ohne Huat is wia a Vasn ohne Bleame.

I hoff, dass i mi a wenig verständlich mocha hob kinnt, dass a Huat net grod a Deckl ist, dass d´ Hoar net noß werdn, sondern, dass do mehr dahintersteckt. A Huat is net grod a Gwand, sondern ein Kulturgut – sozusagn a Lebensanschauung. In diesem Sinn möchte i nomoi recht eindringlich ersuacha, dass ma a do in Moos, wenn ma oan mit an Huad sehgt, den mit dem nötigen Respekt behandelt. Denn ma woaß ja schließlich, wen ma vor sich hot. Oiso nochand: Pfüat enk Gott beinand!

G´schenkte Äpfe

Die Frau Emmi Altschäfl von Isarhofa war jahrzehntelang Lehrerin und Konrektorin in Aholming, vorher in Außernzell. Und do hot ihr eines Tages a Dirndl in da drittn Klass a Plastiktütn voi Äpfe vo dahoam mitbrocht – einfach g´schenkt. Die Lehrerin hot sich gebührend bedankt und gsogt, wos sie für a Freud hot mit de Äpfe. Dann hot´s no gsogt: „Braucht´s es de Äpfe net selber?" Do hot des Mädl ganz treuherzig g´antwort: „D´ Mamm hot gmoant, ob i´s dir mitbring oder ob ma´s de Sau gebnd, des is wurscht!"

D´Farb geht aus

Da Kuno und d´Gabi z´Küahmoos hamm se amoi nach langem Anlauf über´s Balkonstreicha herg´mocht. D´Gabi war obn und da Kuno hot vo außn mit da Loata gstricha. Da hot eah da Wind oiwei d´Balkontür zug´haut, und wenn´s d´Gabi zugmocht hot, is´wieda aufganga. Sie hot de rettende Idee ghobt: „Kuno, moch d´Tür vom Zimmer aus zua und verriegels!" Ab do hot nix mehr gfehlt.
Boid drauf schreit d´Gabi oba: „D´ Foab geht boid aus!" „Do fahr i glei furt und hoi oane", hot da Kuno schnell reagiert. Er is ins Auto ei und ab zum Zillinger auf Osterhofa. 15 Kilometer oafach. Und da Kuno hot glei no im Baumarkt ummanand geschaut, wos er no ois braucha kannt. Und so nach an Stünderl hot er se aufn Hoamweg gmocht.
Wos er net gwisst hot: Da Gabi is boid d´Foab ausganga, und dann woit´s a wenig a Pause mocha. Sie geht an d´Tür und möcht ins Haus eini. --- Au weh - de is ja zua! Und aso hot

d´Gabi a Stünderl in da hoaßn Nachmittagssunn alloa und ohne Farb aufn Balkon zuabrocht.
Über den Empfang des lieben Ehemanns gengan de Berichte so stark ausanand, dass i´s do goa net verzähln mog.

´s Leben is grausam
- Rindfleisch kannst nimmer essn: Rinderwahnsinn
- Hühner kannst nimmer essn – Hühnergrippe
- Eier kannst nicht mehr essen: Dioxin und Salmonellen
- Schweinernes kannst nimmer essen: Schweinepest
- Fisch kannst nimmer essen: Schwermetalle
- Obst und Gmüas kannst nimmer essen: ois g´spritzt
- Und iatz kannst a koa Freibier nimmer tringa: Bestechung

Ois´ wird schlechter
„I woaß aa net, des Schneckenkorn rührt gar nimmer an bei meine Schneckn!" hat d´Muatter gsogt, wia sie olle Tag Schnecknkorn g´straat hot und die Viecher trotzdem de ganzn Tagetes z´sammgfressn ham. „Vielleicht is´ ma feucht worn, weil´s schon a ganz a feins Pulver is?!"
Do hot se da Franz, mei Bruada, des Sackerl o´gschaut und do is draufg´standn: „Kompostbeschleuniger". Ab do hams de Schnecken nimmer ganz so schö g´hobt!

Das Märchen von den Schwarzen Rauchzeichen

Es war einmal ein König, der regierte mit seiner schwarzen Gefolgschaft friedlich über sein kleines weißblaues Land, das Laptop und Lederhosen im Überfluss sein eigen nannte. 60 von hundert Menschen aus dem Volk hatten ihn auserkoren. Eines Tages tauchte eine rothaarige Fee namens Pauline auf und schwärzte den König im Volk so sehr an, dass er die Lust am Regieren verlor und wegzog in das ferne Brüssel, von wo seither nichts mehr von ihm gehört ward.

Die schwarzen Gefolgsleute erkoren einen neuen König aus dem fernen Frankenlande – den Herrn von Beckenstein. Er war stolz auf sein Volk, weil jeder ohne Mühe zwei Krüge Bier leeren konnte. Und er war überzeugt, dass ihm und seinen schwarzen Mannen sein Volk unbedingt zu Gehorsam sei. Er wurde übermütig und wollte sein Volk auf die Probe stellen. „Wir machen ein Gesetz, so streng, wie es noch kein Land hat. Mein Volk wird es annehmen!", rief er. Doch was sollte verboten werden? „Das Essen!", meinte einer. „Da sterben uns die Wähler weg!" „Das Bier!", schlug ein kühner Ritter vor. „Das geht im Land der Bajuwaren schon gar nicht!"

„Dann wollen wir das Rauchen verbieten! Das tut weh, ist aber nicht lebenswichtig!" „Hurra!", schrien alle. „Wir machen das strengste Rauchverbot der Welt!"; denn in dem kleinen Land wurden viele Dinge anders geregelt als anderswo.

Der König schickte seine Mannen aus, unter anderem Ritter Schmid, genannt den Schüttelschorsch, und sie verkündeten im ganzen Land die Botschaft. Es erhob sich ein Murren allenthalben, aber niemand wagte aufzubegehren. Am meisten schimpften die, die daheim auf dem Balkon rauchen mussten, dass das jetzt auch in der Herberge so war. Nirgends durfte

mehr ein Rauchwölkchen zu sehen sein. Selbst die Indianer durften ihre Friedenspfeife nicht mehr in der Öffentlichkeit rauchen und der Vulkan in Island wagte keinen Muckser.
Rauchtourismus in die Nachbarländer setzte ein, um in Ruhe eine paffen zu können. Allmählich hatten sich zwar die Herbergswirte und die Raucher an das Gesetz gewöhnt, aber innerlich wurmte es sie doch, dass sie auf der Straße in der Kälte rauchen mussten. Und manche gründeten gar Raucherbünde und konnten so dem König den Gehorsam verweigern. Der kleine Graf in Moos pfiff auf das Gesetz und rauchte, wann er Lust hatte. Aber die Gäste in der Schlosswirtschaft konnten plötzlich wieder von einem Ende der Gaststube zum anderen sehen. Die Frauen daheim waren verzweifelt, weil sie nicht mehr am Geruch der Kleidung erkennen konnten, in welcher Herberge der Gebieter abgestiegen war und beim Karnevals-Tanze gab es erste Beschwerden, weil ein unangenehmer Schweißgeruch in der Luft lag, der vorher vom Rauch überdeckt gewesen war. Und dem Staat fehlten Millionen Steuereinnahmen, weil viele das Rauchen aufgegeben hatten.
Und so geschah es, dass Wahlen in dem Land näher rückten. Die Wahrsager meldeten dem König trübe Aussichten, so dass er seine Erwartungen deutlich herunterschraubte auf 50 von Hundert für die schwarze Gefolgschaft. Seine Befürchtungen wurden weit übertroffen, es war ein schwarzer Tag für die Schwarzen - nur noch 43 von Hundert stimmten für sie.
Die Folgen waren verheerend: Erstmals mischte sich der schwarze Dunst über dem Land mit gelben Hagelwolken, die Schwarzen jagten den König zu Beckenstein davon und holten sich einen neuen aus der fernen Hauptstadt von der Burg zu Seehofen – der neue König musste dulden, dass die Gelben jetzt mitreden durften.

Die Gelben und die Weisen von den Schwarzen fanden schnell heraus, dass das Volk böse war, wegen dem Rauchgesetz und flugs wurde es wieder geändert. Es wurde gelockert.

Man durfte jetzt in bestimmten Herbergen wieder rauchen, je nachdem, ob sie groß oder klein waren, ob das Essen warm oder lauwarm war, ob mehr gegessen als getrunken wurde, ob eine Familienfeier oder Normalbetrieb war, ob man Helmut Schmidt war oder die wie eine kaputte Lokomotive rauchende Loki. Der Vulkan in Island rauchte vor Freude, dass in ganz Europa kein Flieger mehr starten konnte. Auf jeden Fall kannte sich niemand mehr aus, was jetzt in welcher Herberge zu gelten hatte. Und manche Raucher hatten schnell erkannt, wie gut ihnen die frische Luft beim Rauchen tat, sie mussten nicht in der verrauchten Gaststube sitzen bleiben, wie die Nichtraucher. Und man traf so viele Gleichgesinnte sympathische Leute vor der Tür.

Da kam der Ritter Frankenberger. Er gehörte nicht zu den gelben und nicht zu den Schwarzen, seine Gefolgschaft errang 2 von Hundert Stimmen aus dem Volk und hatte nicht einmal eine Farbe. Und der wollte unserem neuen König ans Bein pinkeln?

Er rief das Volk zum Widerstand auf, das Gesetz sollte streng bleiben, wie es zuerst war. Da konnte der König von Seehofen endlich wieder einmal herzhaft lachen. „Der kleine Wasti, ha, ha, ha, wer waar denn der überhaupt? Kennt den jemand? ...". Doch der kleine Wasti überzeugte viele Bürger des Landes und so wurde das Volk zu den Urnen gerufen.

Unglücklicherweise hatten vor allem die Raucher an jenem 23. des Julmonats nicht Zeit, ihre Stimme abzugeben, sie waren wohl mit dem Rauchen beschäftigt oder mussten im fernen Tschechien preisgünstigen Nachschub holen. Man durfte auch im Wahllokal nicht rauchen, und so kamen nur 38 von Hundert Bürgern zur Wahl. Und von denen stimmten mehr als die Hälfte für das strenge Gesetz. Somit setzten sich der kleine Frankenberger und die Nichtraucher gegen den großen König von Seehofen durch. Die Raucher aber bereuten, dass sie nicht hingegangen waren und schickten Morddrohungen an den kleinen Frankenberger.

Der König trat mit süßsaurer Miene vor sein Volk und meinte leise, der oberste Gesetzgeber in seinem Land sei das Volk und die Entscheidung müsse hingenommen werden. In Wirklichkeit aber war er tief erzürnt darüber, was sich das Volk erlaubt hatte. Er rief seinen Minister zu sich und suchte Rat, wie er das Gesetz umgehen könne. Der Vasall Söder meinte: „Meine Großmutter hat bald einen runden Geburtstag. Ohne Rauchen halten das meine Verwandten nicht aus." „Wir machen eine Ausnahme für Familienfeiern", beschlossen die Schwarzen. „Und beim Oktoberfest geht uns viel Geld ab ohne den Raucherumsatz!" „Wir machen eine Ausnahme für das Oktoberfest", beschlossen die Schwarzen. Nicht aber fürs Mooser Pfingstfest! Nur ein kleiner frecher Arcobräuvertreter namens Jahrstorfer gab über die Zeitung bekannt, dass er sich nicht an das Verbot halten werde. Und den Frankenberger ließen sie in kein Bierzelt mehr beim Volksfest. Das Volk aber, das das Verbot beschlossen hatte, durfte schon noch hinein – was wäre auch ein Volksfest ohne Volk?

Und die Schwarzen sannen weiter: Und dann machen wir noch eine Ausnahme für die Wasserpfeifenraucher und für die und für die .... und so lachten sie sich ins Fäustchen: Das Volk kann doch beschließen, was es will – wir tun, was wir wollen.

Und wenn beim nächsten Urnengang vielleicht noch weniger als 40 von Hundert die Schwarzen unterstützen, dann ändern wir die Gesetze wieder, oder der König von Seehofen geht in den Starnberger See. Oder noch besser: Er sucht sich ein anderes Volk. Und wenn der König von Seehofen nicht gestorben ist, dann kann er noch viele so gute Gesetze machen in seinem kleinen Land.

Naa, du!
Vor dem Abschiedsgottesdienst 1994 für den scheidenden Pfarrer Rudolf Gebauer. Chorleiter Hans Jäger und Tochter Agnes streiten sich, wer für das Mitbringen der Noten zuständig gewesen wäre:
„I? Naa, du!"
„Naa, du! Warum i?"
„Ja, warum denn i? Wenn i sog, du!"
„Und i hob gmaont, du!"
„I hob´s net dabei!"
„I aa net!"
„Derfat ma hoamfahrn!"
„Ja, derfat ma fast!"
„Dann fahr i!"
Das war um 18.47 Uhr. 18.54 Uhr waren die Noten da. Geht doch! Aufschnaufen!

Do werdn´S schaun!

Vorgeschichte: Mei Hoamat war in Moos Martlstraße, glei neben dem alten Fuaßballplatz. Do hob i net weit ghobt, wenn i Fuaßboispieln wollt. Und unsere Hühner hamm aa do gwohnt, und wenn niemand da war, dann sands durch a Loch im Zaun am Fuaßboiplatz ummanand glauffa und hamm se do eahna Fuater gsuacht, und wenn´s gnua gfressn ghobt hamm, dann hamms aa amoi a Gschäfterl erledigen müaßn. Und des war für d´ Fuaßballer koa Vergnügn, wenn´s oan do highaut hot.
So weit die Vorrede. Und iatz de G´schicht dazua:
Mei erste Stelle ois Lehramtsanwärter hob i in Rettenbach ghobt, a siebte Klasse. Im Sport hamms an andern Lehra ghobt. Eines Tages kemmans zu mir und erzähln mir, dass ´s auf Moos zum Fuaßballspielen fahren. „Do müassn S´ mitfahrn," hamms gsogt, „do scheißn d´Henna in Fuaßboiplatz eini! So wos hamm Sie no net gsehgn!"
De wenn gwisst hättn, wie oft dass ich des scho gsehgn ghobt hob - und gspürt und grocha!

Wo derf i´s denn hi´schreiben?

In der Schlosswirtschaft hamma net oiwei so an guatn Wirt g´hobt, wia an Kurz Michl, oder an Schönhofer Luck oder d´Trauner Michaela, oder gar an Laubenbacher Sepp.
Amoi is aa wieder so a Wirt do gwen, der die Gebräuche net so kennt hot. Zum Beispiel, dass d´Musikerzech bei an Ball oder sonst a Veranstaltung da Wirt zum Zahln hot. Jedenfalls habn mir mit der Original Mooser- AH - Band bei an Ball g´spielt und wia d´ Bedienung de erste Rund´n Getränke bringt, hot´s gfrogt: „ Wo derf i denn des hischreibn?" Nach kurzer Sprachlosigkeit hob i gsogt: „Des is uns wurscht!" Des habns dann scho kapiert.

Die Wallfahrt

„A Radltour kannt ma wieder amoi mocha!" hamms beim Kirchenchor Isarhofa vor´gschlagn. Nach einiger Diskussion ist man sich einig: Nach Thundorf, dort überfahren, dann nach Halbmeile, dort eine kleine Andacht mit Gesang und über Niederalteich wieder heim, wer mag kann ja no eikehrn.
Es ist ein schöner heißer Tag Ende Mai, traumhaftes Wetter, da hätt mei fei a zum Badn geh kinna! Eine schöne Schar von 15 Chorlern hat sich eingefunden, und schon gehts los. Beim Überfahrn tuat des Lüfterl scho richtig guat, weil´s so heiß is. Auf der Niederalteicher Seitn gehts zunächst am Damm dahin, dann auf einer schmalen Teerstraße Richtung Seebach. Auf einmal werdn die Auto und Motorradl immer mehr, alles ist zugeparkt. „Ah, de sand beim Badn am Luberweiher!" fällt der Maria ein. Es müssen wirklich unheimlich viele Leute sein, weil alles zugeparkt ist. Schließlich kommt man nur

mehr mit Schieben vorwärts. Auf einmal rennt das Annerl das Zenzerl auffi: „Mei, schau hi, um Gott´s willen!" Die Manner schaun schnell auf die andere Seitn, weil sie habn des scho lang gsehn: Oa Nackerte neben der andern flackt da brettlbroad am Ufer vom Weiher. Die Frauen sind empört. „Wia kann ma se denn aso zoagn?" „Do muaß ja d´Welt untergeh!" „Do schau hi, host de gsehgn? Mit dem Alter sollerts scho a weng mehr Schammer habn!" „Aber Manner sehgt ma goa koi nackerte, grod d´Weiberleut sand so ruchlos!" meint die Andrea enttäuscht. Manchmal muaß ma richtig stehbleibn, dass ma genau zwischn de Autos durchischaun kann. Endlich ist man an dem „Sumpf" vorbei, aber die Aufregung hat sich noch lange nicht gelegt.

In der Wallfahrtskirche zu Halbmeile dankt man der Jungfrau Maria, dass ma selber nicht so ist wie diese verkommenen Subjekte. Als man aus der Kühle der Kirche wieder an die frische Luft kommt, schnappen sich die Damen ihre Männer und beraten über den Heimweg. Es is halt schon schwer durchzukommen bei den vielen Autos am Luberweiher, und wenn man eins mit dem Radl verkratzt ......! Freilich sind ´s über Deggendorf ein paar Kilometer mehr, aber sicher ist sicher. Und so schlagen halt dann die Männer schweren Herzens vor, ob´s nicht gscheiter wäre über Deggendorf heimzufahren, d´Sunn geht eh scho a bisserl owe und ma spart sich immerhin 2,50 DM für die Überfahrt und wenn was passierert mit an Auto, da sand schnell a paar Hunderter beim Teifi. Und drum is dann der Isarhofener Kirchenchor über Deggendorf und Plattling heimgeradelt, die ganze Zeit auf der Teerstraße, aber: Sicher ist sicher, bevor ebbs passiert .....

Und ois Mo mog ma ja schließlich wieder de ganze Wocha was Warms zum Essn dahoam!

Der Abb beim Orthopäden

Nach drei Monaten Wartezeit beim Orthopäden ist endlich der vereinbarte Termin da. Der Abb erscheint pünktlich.
Arzt: „Grüß Gott. Was fehlt uns denn?"
Abb: „Nix."
Arzt: „Aber warum sind Sie denn dann gekommen?"
Abb: „Weil i heut an Termin bei Eahna hob."
Arzt: „Aber wenn Ihnen nichts fehlt, dann müssen Sie doch nicht zu mir kommen."
Abb: „Des war aso: Vor drei Monat hot mir ´s Kreuz weh tan. Dann hob i bei Eahnan Büro angfrogt wengs a Untersuchung. Do hob i den Termin kriagt. Oba inzwischn is des Kreuzweh wieder verganga. I hob ma hoit denkt, wenn i scho an Termin hob ..., weil ma eh so schlecht oan kriagt."

D´Schui is aa nimmer des

Wos is der Satz, den ma ois Lehrer am meistn hört? Habt´s wieder Ferien? I sog dann oft: „Des moan i, is des Oanzige, wos du von da Schui no woaßt!?"

Der nächste Lieblingsspruch für an Lehrer: „Im Sommer Lehrer, im Winter Maurer, des waar der Beruf!" Mein Tipp für solche Ignorantn: „Werd doch glei Niklo, do host grod oamoi im Joa a Arbeit, und des erst auf d´Nacht, dass d´ net früah aufsteh muaßt."

Dabei mach ma mir so viel mit:
„Wos bist denn Du eigentlich beruflich?" hot a Drittklassler in Plattling sei Handarbeitslehrerin gefrogt.

Do hob i amoi ganz ruhig in da 3. Klasse gsogt: „Ihr warts oba scho amoi viel leiser." Hot oana vo da letztn Bänk vorgschrian: „Des kannst laut sogn!"

A Erstklassler liegt in der Mathestund mitn Kopf auf seine verschränktn Arm und hot d´Augn zua. Die Lehrerin: „Du Simon, wia sitzt denn du heut in deiner Bank?" Do mocht der d´Augn auf und stöhnt: „Wennst du wissertst, wia müad dass i bin!"

Mitdenka is Glückssache – zum Beispiel:
„Der Maxl ist 10 Jahre alt, er wirft den Schlagball 20 Meter weit. Wie weit wirft sein Vater mit 40 Jahren?" Und für die schnelleren Rechner: „Wie weit wirft der Opa mit 80 Jahren?" De rechnan olle unverdrossen, und a poa bringand´s aussa, dass da Opa 160 Meter wirft. Reschbekt!

A propos Rechnen:
7. Klasse, Prozentrechnen – Erste Probe eine Katastrophe!
I gib de Probe zruck und sog: „Leut, 80% von euch hammand überhaupt koa Ahnung vom Prozentrechnen." Do schreit oana aussa: „So viel hamma ja mia goa net!"

An unserer Schui wird umbaut. Do hot da Elektroplaner gsogt, dass ma aa in de Klassnzimmer Lichtschalter mit Bewegungsmelder kriagn. Hob i gmoant: „Haut des schon richtig hi mit dem Bewegungsmelder?" Hot da Kämmerer gsogt: „Sand ja Kinder aa drin im Klassenzimmer!"

Im Kopfrechnen ist die ältere Generation einfach fixer als die heutige Jugend. Bei einem Englandaufenthalt – vor der Zeit des Handys – schreibt ein Schüler heim: „ Liebe Eltern, schickt mir bitte 50 Pfund!" Do sogt der Vater ganz entsetzt: „Der is ja narrisch, des is ja a hoiber Zentner!"

Und wia d'Lehrerin amoi zu an Erstklassler gsogt hot, dass er noch der Schui dobleibn muaß, weil er sei Hausaufgab nochmocha muass, do hot der nur gsogt: „Mir is wurscht, wenn se d'Leut wegn uns zwoa 's Mei z'reißnd!"

Gott sorgt sich um die Huadara
vom Lehner Franz
Nachdem der Herrgott die Huadara erschaffen und sie der irdischen Bestimmung übergeben hatte, wurde er nachdenklich. Ja, sind die Sieben überhaupt fähig, dass sie den weltlichen Erfordernissen gerecht werden können? Die verhungern und verdursten mir ja!!! Sein Gewissen wurde immer unruhiger. Nach einer schlaflosen Nacht ließ er am nächsten Morgen den himmlischen Beratungsstab aufrufen. Mit dabei waren der Heilige Petrus, die Erzengel, die Dämonen, die Israeliten, die Perser, die Pharaonen, die Salomonen, die Sebuloniter, die Simioniter und die Zioniter. Nachdem der Herrgott sein Anliegen vorgetragen hatte, herrschte eisiges Schweigen, weil niemandem eine Lösung einfallen wollte. Der Herrgott wurde langsam grantig und sagte, dass so lange getagt wird, bis das Problem vom Tisch ist, und dass es so lange keine Weißwürscht nicht gibt. Da stand der Erzengel Michael auf und sagte zum Herrgott, dass ihm ohne Weißwürscht zerscht nix einfallen kann. Wie der Herrgott den Erzengel Michael gesehen hat, da fiel es ihm wie Schuppen von den Augen. Ja wir haben doch

in Moos auch einen Michael, den Schlosswirt Michel, der mit bürgerlichem Namen Kurz Michael heißt. Der wird mir helfen und auf die Huadara aufpassen. Und voller Vorfreude ließ er große Degeln mit Weißwürscht auffahren. Schon am gleichen Nachmittag erschien er dem Schlosswirt Michel, der gerade am Zapfhahn stand und ein Weißbier zapfte.

„Sohn Michael, willst Du Deinem Herrgott einen Gefallen tun?" Der Michel war anfangs überrascht und geblendet, und als er sich halbwegs gefangen hatte, sagte er: „Freili, Herrgott, bin i bereit! Um wos draht's a se?" Der Herrgott druckte noch etwas umher und sagte dann zum Michel: „Du kennst doch die Huadara! Es sind meine Sorgenkinder, und ich brauche jemanden, der sich um sie kümmert, dass sie keinen Hunger und keinen Durscht nicht leiden müssen. Spontan sagte der Michel: „Herrgott, do brauchst di net obitoa! Des kriagn ma scho. Des passt scho!" Der Herrgott verstand das etwas derbe „Niederbaierische" nicht gleich und drum deutschte ihm der Michel aus: „Lieber Herrgott, Dir braucht nicht mehr bange sein. Ich nehme das in die Hand, so dass alles seine Richtigkeit bekommt." Voller Zufriedenheit hat der Herrgott dann die nächste Nacht wieder einmal gut geschlafen.

Und der Michel hat sein Wort gehalten. Wenn die Huadara gekommen sind, da hat er ihnen aufgetischt, dass sich die Tische bogen und sich die Leiber der Huadara wölbten. Stolz schaut der Michel zu und wird sich denken, dass der Herrgott und die Huadara mit ihm zufrieden sind und verstohlen wirft er einen Blick gen Himmel und zwinkert mit dem Auge und wahrscheinlich zwinkert der Herrgott zurück.

Die Huadara, die von der göttlichen Abmachung nichts wissen, danken dem Michel mit Lobliedern und Psalmen, weil sie wissen, dass es gut war (das Essen).

An Pflug möcht i net lerna

Mitte der 80er Jahre waren wir mit der Schule beim Schifahren am Geißkopf. Ich hatte den Anfängerkurs erwischt und sollte mit den Neulingen erste Gehversuche im Schnee machen. Das heißt: Selber nicht Schi fahren, dafür mit zehn Siebenjährigen den ganzen Nachmittag in fast flachem Gelände herumspazieren, Muster treten, Treppen steigen, Stern in den Schnee zeichnen, hinfallen, aufklauben.
Gegen Abend hatte ich einige so weit, dass sie schon im Pflug einige Meter rutschen konnten – ohne Hinfallen und Aufklauben. Begeistert lobte ich meine Schützlinge über den Schnee - König. Auf einmal zupfte mich einer meiner Sportler am Ärmel und meinte: „ Du - u - u! Den Pflug woit i gar net lerna! I woit´s Wedeln lerna!"

April, April

Der frühere Kirchenchorleiter und Filialleiter der Sparkasse Osterhofen in Moos Feucht Willi (Gott hab ihn selig), hatte große Freude daran, Leute hereinzulegen.
So kam eines 1. Aprils der damals amtierende Bürgermeister Xaver Rüpl in die Sparkasse, um Geld abzuheben. Der Willi bediente ihn selber. Schließlich fragte er scheinheilig: „Geht´s dir recht dick ei?" „Naa, warum?", gab das Gemeindeoberhaupt zurück. „Dann kannst ma an Gfoin toa! D´Altschäfl Maria möcht ´s Flötnspieln lerna und i hätt oi Notn für sie do. Kannt´st ihr de vorbeibringa?" Viel Freude hatte er nicht mit dem Zusatz - Job, aber: „Na guat, dann fahr i hoit in Niederleiten vorbei!" Die Altschäfl Maria war nicht schlecht erstaunt,

als der Bürgermeister mit den Noten für ihren Flötenunterricht vor der Haustür stand – von dem sie gar nichts wusste. Bis ihnen dann ein Licht aufging: 1. April!!!

Wieder an einem 1. April rief der Willi so kurz nach 11 Uhr beim Altschäfl Sepp an.
„Wos tuast denn grad?" Der Sepp erklärte, dass er gerade beim Mittagessen sei. „Mei, i hätt a großes Anliegen an dich! Der Kurz Michl war grad in der Sparkasse und der müsste noch was unterschreiben und das müsste heute noch weg, und der hat doch koa Telefon ..." „Und wos kann i do toa?" Der Willi hatte schon eine Idee: „Wennst dich auf die Straße stellen taatst? Der Michl müassert glei vorbeikemma, dann kanntst ma ´n no amoi vorbeischicka!" Gefreut hat´s ihn ja nicht, den Sepp, so mitten beim Essen, aber in Gottes Namen ... Er stand 5 Minuten, 10 Minuten. Da läutet das Telefon wieder: Ob denn der Michl schon gekommen sei? Nicht? Na vielleicht sei er noch zum Einkaufen gegangen. Aber gleich müsse er kommen.
Mit knurrendem Magen und sinkender Laune stand der Sepp weitere zehn Minuten am Zaun und wartete auf den Michl. Da klingelte das Telefon zum dritten Mal. Natürlich war´s wieder der Willi. „Woaßt , warum der Michl net kimmt? ... Schau auf den Kalender!" 1. April – und ´s Essn kalt!

Der Bierkrieg

Der Chef von Arco Moos, kein kleiner Wichtel,
mit Namen heißt er Holger .... (Fichtel),
hört z´Deggendorf mal etwas läuten,
er weiß nicht recht, was soll das be ....(deuten)?
De Deggendorfer san Schlawiner,
im 3. Volksfestzelt gibt's ...... (Augustiner).
Als er dies weiß, stinkt ihm das sehr,
do muaß sofort de Zeitung ...(her).
Den Fichtel sehr der Hafer sticht,
de Zeitung schreibt an Mords - ...(bericht).

De Müchner – ja des kinnts enk selber denka,
de woin do glatt a Bier aus .....(schenka).
Und überhaupt, lost Holger hörn,
sei Freibier trinkans scho recht ....(gern).

Do wird die Eder richtig weid,
so wos hot sie no nia net ... (b´stellt),
So a Behauptung, sogt sie glei,
des is a Riesen ... (sauerei).
Sie sogt, dass sie zum Anwalt kurvt,
wenn er des net glei wider .. (ruaft).

Da Fichtel Holger, goa net faul,
er is ja gwiß net gfoin auf´s ... (Maul),
tuat nächstn Tog in d´Zeitung rein,
einen Geburtstagliefer ... (schein).
Do drauf kann jeder ganz gnau lesn,
es sand an etla Tragl ... (gwesn).

De Anni äußert ganz beengt:
„Da Holger hot´s mir aufge.... (drängt).
Er hot mi auf de Knia o´gfleht:
Nimm ´s Freibier vo de andern ... (net)!"

Des hamm de zwoa ganz super gmacht,
ganz Bayern hot se schiaf scho ... (g´lacht),
Do is da Ritter Christian kemma
Und woit dem Kriag de Schärfe ....(nemma).
Mit Fingerspitz und Diplomatie
Kriagt er de Sach tatsächlich ... (hi).
Man glaubt es kaum, wos se do toant,
Se sogn oi zwoa: War net so ... (gmoant).

Doch jeda hot se in ´ Finga brennt,
der z´ Deggendorf net de Stadträt .... (kennt).´
„Mia gebn koa Ruah", sogn sie drauf schlicht,
der Holger hot aa uns aus....(g´richt.)

A Entschuldigung woin mia erreicha,
oder Arco kann se ... (schleicha).

Des wird an Holger schö staad zwida,
und Lieferscheine suacht er ... (wieda).

D´Frau Dings hot gschimpft moi ganz bessessn,
wo d´Markerl bleibn – Habts mi ver (...gessn?)

Beim andern heirat hoit sei Bua,
a Freibier passt do guat ... (dazua).

Da Fichtel sogt: Lossts es na schrein,
ich hob scho no an Liefer.... (schein).

Und iatz is´ oba doch so kemma,
an Arco woin de nimmer .... (nemma).

Vo Arco kriagns koa Freibier nimmer,
do hilft koa Jammern und ......(Gewimmer.)
Und wenn´s ab iatz wos z´trinka woin,
dann müaßns es a selber ... (zoin).

Und wia des Leben amoi so spuit:
In Moos do gibt´s ab iatz a ... (Duit).

Im Web is Deggendorf auf d´Nosn gfoin,
da Fichtel hod eah d´Seitn .... (gstoin)

Und kemma derf zu uns a jeda,
sogoa mitn Bus, aa d´Anni ... (Eder).

Und das ma unser Kraft beweisn,
do loss ma no an Flieger ... (kreisn).

Geschrieben steht drauf voller Huld,
Leut, iatz geht´s auf zur Mooser ... (Dult)

De Dult war eine schöne Feier,
aber Geld hots kost!!! Rache is ...(teuer)

Und de Moral von der Geschicht:
Reize einen Fichtel (Mooserer)... (nicht!)

Das Goggomobil

In den 60-er Jahren war es – wie heute auch - der ganze Stolz eines jungen Burschen, ein Auto zu besitzen. Und wenn es nur ein Goggomobil war, bei dem man zum Einsteigen einen Schuhlöffel brauchte und mit dem man von seinen Bekannten oft auch noch gehänselt wurde.

So ging es dem Jahrstorfer Albert senior, als er noch ein Junior war. Eines Tages saß man in der Grafenmühle so gemütlich beieinander, als einige der Zechkumpanen der Hafer stach: Sie kamen auf die Idee, das Goggo vom Albert, das vor dem Wirtshaus geparkt war, auf einen ebenfalls dort stehenden Pritschenwagen aufzuladen: Bordwand auf, sechs Mann angepackt und schnell war das kleine Auto auf der Ladefläche.

Nach getaner Arbeit meldeten sie sich stolz beim Abb, er solle mal rausschauen. Der fiel aus allen Wolken. Nun setzten sie aber noch eins drauf. Einer hatte sogar einen Fotoapparat dabei. Sie überredeten den Albert, sich für ein Erinnerungsfoto ins Auto zu setzen, was er gerne machte. Und jetzt schnappte die Falle zu: Sie schlugen die Bordwand des Transporters hoch, und damit waren die Türen vom Goggo nicht mehr zu öffnen. Alles Schimpfen und Werkeln des Hereingelegten half nichts, sie ließen ihn über eine Stunde in seinem Gefängnis schmoren.

Da soll einer behaupten, dass unseren Vorfahren kein Blödsinn eingefallen wäre!

Die Drahbänk

Da Franz hot frühra gern mit Hoiz g'arbeit und hot scho allerhand Maschinen g'hobt. Bloß a Drahbänk is eahm no abganga. Do hot er bei der Polizei an Kollegen kennen gelernt, der gern Maschinen baut hot. „A Drahbänk, de bau dir ja i!", hot der gsogt. Na guat. Da Franz hot de Drahbänk in Auftrag gebn, weil er se denkt hot, do kannt ma se a poa Mark sparn, wenn 's selber g'mocht is.

Des Projekt hot dann a hoiberts Joa dauert und dann hot der Kollege de Lieferung ankündigt. Da Franz hot se scho g'wundert, weil er gsogt hot, vier Mann soit'n do sei zum Ablodn. Tatsächlich kimmt der mit einem kleinen Lastwagn und hot ein Riesentrumm-Drahbänk drauf. De vier Mann hamm Teufelsnot ghobt, dass's des Trumm in Kella obibrocht hammd, und a schöne Brotzeit war aa no fällig. Der Kollege hot an Franz de Bänk zum Selbstkostenpreis von knapp 2000 Mark überlossn.

Iatz wia er de Maschin 's erst Moi einschoit, legt de los und macht a Gaudi und rumpelt, dass er's vor Angst glei wieder ausgschoit hot. Dann hot er's an Wagner Hansl, an oidn Drachsler, zoagt. Der hot's eig'schoit und dann gsogt: „De is lebensgfährlich. De brauchst net hernemma. De haut dir an Arm ob." Damit war des Projekt zunächst auf Eis glegt. Oba jed's Moi, wenn der Franz de Maschin im Keller g'sehgn hot, hot's eahm gstunka. Er hätt's hergeschenkt, wenn's oana mögn hätt.

Bis er des amoi an Abb verzählt hot. Der hot gesogt: „Ja kennst denn du des Ebay no net? Do mochst a Foto und tuast as eine, do kannst an Hauffa Geld verdiena mit dera Maschin!"

Und so is de Drahbänk ins Ebay kemma. Drei Tog is der Verkauf glaufa, olle Augenblick hamms einig'schaut, wia's steht.

Am Anfang hot se lang nix to mit Angebote. Oba am letztn Tog hot oana an 50er geboten. Da Franz alarmiert glei an Abb. Der sogt: „Woaßt wos, do biet i drüber!" Und scho warn 70 Mark gebotn. Und dann is de Sach in Gang kemma. Je näher der Zuaschlogtermin g´ruckt is, desto öfter is des Angebot erhöht wordn. 90, 100, 135, 160, 220, 275, 290 Mark. A hoibe Stunde vor Schluss ruaft da Franz voller Freud an Abb nomoi an: „315 Mark sand gebotn." „Der zoit aa 500 Mark", hot da Abb gsogt, und hot auf 330 Mark erhöht. Se warn so richtig schö im Geldrausch.

Ja, und ab do hot neahmd mehr gebotn. Zum fällign Termin is kemma: „Herzlichen Glückwunsch, Sie haben den Zuschlag erhalten!" Da Abb hot 330 Mark zoit. De hot er zwar vom Franz wieda kriagt. Oba der is auf de ganzn Ebay-Gebühren sitzn bliebn. Und de Drahbänk steht heut no beim Franz im Keller. Wenn´s fei ebba braucha kannt,… sie gangert billig her!

Mei Gickerl

Vor a Zeit han i mir denkt, meine fünf Henna, de mochand ollerweil a wenig an traurign Eindruck, wia wenn eah ebbs obgang.

Do bin i neulich z´Osterhofa im Saumarkt gwen und hob a wenig hig´schaut zum Schadenfroh sein Hennastand. D´Henna warn g´scheit teuer, 12 Euro oane. Des waar ma scho z´viel g´wen.

Oba an Gickerl hätt er günstig, hot er gmoant. „Wos möchst nachher für den?", hob i gfrogt. Do sogt er: „An Zwickl!" I war ganz überrascht und hob net glei wos g´sogt. Do sogt er no:

„Oder oan Euro? – Oder g'schenkt, weils'd as Du bist!"
Do bin i misstrauisch wordn: „Feit dem Gickerl ebbs?" Da Schadenfroh hat grod g'locht: „Ach wo. Ganz im Gegenteil. Der is pumperlg'sund und putzmunter!" „Und kraht der scho?" „Do kannst di verlassn!"
Oba schenga hob i 'n mir dann aa net lossn und hob eahm a Fuchzgerl dafür gebn.
Dahaom war's a Riesenüberraschung. Mein Frau hot gmoant: „Hamma mir an Gickerl braucht?". Oba d'Hühner hamm se schnell von der Überraschung erhoit und hamm se mit eahm ang'freundt. Ganz stoiz is er übern Hof g'stiegn, seine buntn Federn hammd in da Sunn g'schillert, sein dunkelrotn Kamm hot er aufgstellt ghot – a wahre Freud.
Am nächstn Tog umara viere in da Früah, hot er scho sein Dienst antretn und hot kraht, dass 's a Freud war. A Viertelstund hob i mitzählt: 78 moi hot er kraht. Mehr kannst net verlanga um a Fuchzgerl. I war richtig stoiz. Er hot dann wirklich den ganzn Tog kraht, net bloß in da Früah.
Aa in da Nachbarschaft is des guat okemma. Des hammd olle mitkriagt und am Sunnta nach der Kircha hamm se a poa anerkennend g'äußert.
„Host Dir an Gickerl kauft, Sepp?", hot da Reichl gfrogt und hot so neidisch g'locht.
Da Kramer woit wissen: „G'hört Dir der Gickerl, den ma do oiwei hört? Wahnsinn!"
„A soichan Gickerl han i no net derlebt!" hot d'Maierin sogoa gmoant.
Oiso lebhafts Interesse bei olle – wia wenn se oana an neua Bulldog zualegt.
Am Samstag war i am Recyclinghof, do hob i grod no gsehngn,

wia da Ranner a vier a fünf Wecker in Container einwirft. „De brauch ma ja iatz nimmer", hot er gmoant, wia i hig'schaut hob.

Amoi war i a wenig verunsichert, wia i mit meiner Frau auf da Hausbänk g'sitzt bin, da Hansi (inzwischn hamm ma 'n Hansi tauft g'hobt) hot wieder so schö kraht. Mei Frau schmatz hi auf eahm: „Beim Tog muasst fei net aa no ummanandaplärrn." Do schreit da Dannerböck übern Zaun umma: „Mistviech, greislichs!" Z'erst waar i eahm boid beleidigt g'wen – bis i 's kapiert hob, dass der goa net an Gickerl moant, sondern de Mei. Da Neid auf mein Hansi is oiwei größer wordn. Schö staad hot mi oana nochn andern von de Nachbarn auf d'Seitn gnumma und hot gmoant, ob i mein Gickerl net verkauf. I hob an jedn gsogt: „Ja nia! An soichan kriag i doch nimmer!"

Bis nochad der Dannerböck die Transfersumme in unerträgliche Höhe g'schraubt hot: „Fünfazwanz'g Euro zoi i Dir auf d'Händ!," hot er anbotn, „und de Mei daat se hoit a recht g'freun, wenn'st 'n uns verkauffa daatst." I hob schnell ausg'rechnat, dass i um des Geld beim Schadenfroh fuchzig

kikerikiii

(in Worten fünfzig), Gickerl kriagn daat. Und wia i oiwei no net zogn hob, da hot er no oans draufg´setzt:
„Und außerdem daat ma Di und de Dei am Sunnta zum Essn eilodn." Ja, und weil´s s´es goa so guat gmoant hammd, hob i dann schweren Herzens eigschlogn. Am Sonntag um hoibe zwölfe warn mir dann pünktlich beim Dannecker zum Mittagsessen. Saufreundlich warns, an Truthahn hot´s gebn – war guat, muass ma scho sogn.
Aber mein´ Hansi passt´s doch net aso beim Dannecker, weil i ´n goa nimmer krahn hör. I glaub, i muass wieder amoi in Saumoakt auf Osterhofa obi schaun.

Beim Watten

Beim Watten gibt´s eine Regel, die bei anderen Kartenspielen nicht gilt: Man darf schwindeln, aber man darf sich nicht erwischen lassen. Das ist so ähnlich wie bei den Steuerhinterziehungen der Großkopferten.
Jedenfalls schaute ich einmal so einem Spiel zu, vier Mann mühten sich ab um Punkte. Bei der einen Mannschaft war der Stübinger Sepp mit Partner, bei der anderen der Heller Paul mit Partner. Der Stübinger hatte den Verdacht, dass sich der Paul statt der erlaubten fünf Karten deren sechs gegeben hatte, um seine Gewinnchancen zu erhöhen. Er sagt ihm auf den Kopf zu: „Du wirst gstraft, du hast sechs Karten!" Der Paul stritt das engergisch ab. Der Sepp ließ nicht locker und wollte mich als Zeugen fragen. Aber eine eiserne Regel für alle Kartenspiele lautet: Der fünfte Mann g´hört unter´n Tisch. Deshalb keine Auskunft von mir. Da hatte der Sepp eine an-

dere Idee der Wahrheitsfindung: „Wett ma um a Mass, dass du sechs Kartn host!" Da war der Paul einverstanden. Man schlug ein und schritt zur Überprüfung. Eins, zwei, drei, vier, fünf – sechs – sieben! Hatte der doch tatsächlich zwei Karten zu viel – er wurde regelgemäß um zwei Punkte gestraft, und der Stübinger zahlte seine Mass, schließlich hatte er auf sechs Karten gewettet. Aber der hatte ja genügend Biermarkerl!

Mei Oma aa

Wenn ma ois Lehra neu in a Klass kimmt, dann schaut ma, ob ma scho jemanden kennt. Vielleicht hat ma schon an Verwandten von an Schüler g´habt usw.

Vorausschicka muaß i, dass ma de G´schicht versteht, dass ma i amoi mit der Kreissäge an Zeigefinger von der linken Hand abg´schnittn hob.

Oiso, i kimm in de neue dritte Klass, stell mi vor und schau mir de Kinder aso an. Schon meldet sich ein Mädchen und sagt: „Herr Lehra, mei Bruader is a scho bei eahna in d´Schui ganga!" Schnell wird geklärt, wer derselbe war, und schon meldet sich der Nächste: „Herr Lehra, mei Mama war a scho bei eahna in da Klass!" Tatsächlich ergibt die Nachfrage, dass die Mama und ich die neunte Klasse zusammen verbracht haben. Das sind die Momente, wo der Lehrer allmählich merkt, dass er älter wird.

Da meldet sich ein Mädchen aus der ersten Bank ganz eifrig: „Herr Lehra, meine Oma! Herr Lehra, meine Oma!" Ich erbleiche! Bin i denn scho so oid? Zum Mädchen sag i noch: „Iatz derfst oba aufhörn!" Aber sie ist nicht zu bremsen: „ Herr Lehra, meine Oma hat sich auch einen Finger abgeschnitten!"

Sauhund´!

Mit unserner Regierung is´scho a Kreuz, nur Schmarrn und Krampf beschließn s´, z´Tod ärgern kunnt´st di!
Oba es gibt aa Lichtblicke. Am Sonntag, den 1. Februar 2009 hör i um sieb´ne in da Früh in de Nachrichtn:
„Ab heute tritt ein neuer Bußgeldkatalog für Verkehrssünder in Kraft. Die Geldbußen und Punktestrafen werden deutlich angehoben. Eine Überschreitung der Geschwindigkeit um 31 km/h außerorts wird mit mindestens 70 € und einem Punkt in Flensburg geahndet. Die Polizei wird verstärkt Radarkontrollen durchführen."
Endlich wird amoi wos tan gegen de Bluatsraser auf de Straßn. Kannst di ja kaam mehr aussitraun. De Sauhund´! De soin zoin, bis ehana d´Finga blüatn!
Weil a schöna Tag war, bin i mit meiner Frau in Woid eini g´fahrn. Des hob i ihr schon lang amoi versprocha g´hobt. In Böbrach kann ma ganz schö essn und hernach schau ma no ins Haus zur Wildnis – passt akkrat.
Ummara Zehne samma losg´fahrn, schö gmüatlich, weil´s uns net pressiert hot. In de Nachrichtn is olle hoibe Stund de Meldung vom Bußgeldkatalog kemma. Jawoi, aso g´hörts!
Wia ma´s dann aso auf Deggendorf einilaufa lassn auf da Autobahn, sehg i kurz vor der Unterführung tatsächlich einen Blitzer steh. 70 derf ma do bloß fahrn. I natürlich hellwach, brauch net amoi obbremsn, weil i´s eh gmüatlich angehn lass.
„Genau, wenn ma wos anschafft, muaß ma´s aa kontrolliern!", sog i aus meiner pädagogischen Erfahrung zu meiner Frau. De gibt ma Recht – und des is net oiwei der Fall! Guat, dass´uns net pressiert!

Auf der 11er san ma eini, a wunderschöns Fahrn am Sonntag Vormittag: Koa Mensch auf da Stroß, a klare Sicht, koa Lastwagn und es pressiert nix.
Wia hoaßt iatz des Nest kurz noch Deggendorf? Niederkandlbach oder so? Do is´a wenig bergob ganga, a broate Straß. Do sehg i in a Parkbucht a poa Meter weg von da Straß an Kombi mit a dunklen Heckscheibe steh. A Blick aufn Tacho: 80 – super! „Schau hi", sog i zur Frau, „guat dass´s uns net pressiert!" Do blitzt a routs Liacht aus der dunklen Heckscheibn.
„Ja, de werdn doch uns net blitzt hobn? War do überhaupt a Beschränkung?" Im Rückspiegel sehg i des runde Tafel mit dem rotn Rand für´n Gegenverkehr, kann aber de Zahl nimmer lesen.
Iatz werd i aber fuchtig! „Ja de Sauhund´de greislichn! D´Raser soins fanga, net oi Leut de wo gemüatlich spaziernfahrn. Do hört sich doch ois auf. Für des hamms Zeit, dass ´s de oama Teifin ´s Geld aus da Taschn ziagn, anstatt dass´s Verbrecher fangand! Des gibt's ja net! Dö hätt´s doch goa koa Beschränkung braucht - ois frei, neahmd auf da Straß. Do kann ma schö blitzn. Ausg´rechnet uns! Wo ma mir uns oiwei an de Regeln hoitn. De narrischn Fahrer derwischns net. De sand eahna z´schnell. Oba uns, wo ´s goa net pressiert hot. De große Koalition – do hoitn´s z´samm, wenn´s um Diätenerhöhung geht und wenn ma an Kloana aussackln kann. De soin schaun, dass d´Finanzkrise in Griff kriagn, dann hamm´s eh net Zeit, dass so an Mist beschliaßn. De wähl i no amoi! Und an Kalb schreib i aa an pfeffertn Briaf. Se lossn se von an Chauffeuer ummanand kutschiern und wenn´s wos anstelln, dann sands a no immun, aber mir müass ma unsern Geldbeutel selber hihoitn. Dem sog i´s gscheit."

Und wia des nächste Moi im Radio kemma ist: „Hier ist der Bayerische Rundfunk mit Nachrichten", hob i 'hn ausg'schoit. Kurz und guat. Mir fahrn zum Mittagessen. Mei bessere Hälfte is einfach staad, bis i de ganze Luft oblossn hob. Sie woaß, dass ma in so an Fall koa Öl ins Feuer giaßn derf. Und bis ma in Böbrach warn, hot se bei uns schö staad de Ansicht durchg'setzt, dass ma uns von dene Straßenräuber, Sauhund, Wegelagerer und wos ma sunst no ois eig'foin is, den Tog net verderbn lossn. Und des Spanfackerl hot viel wieder guat g'mocht.
Und noch 14 Tag is da Briaf kemma. 50 km/h war erlaubt, 80 san ma gfahrn (sie war schließlich aa dabei) und wenn i net lang ummanda tua, dann kost's 30 Euro. Und wenn ma bedenkt: Um 1 km/h mehr, dann hätt 's 70 Euro kost, und an Punkt. Do hob i nomoi Glück g'hobt.
Oba Sauhund'sand's doch. Des braucht's einfach net!
Und de 30 Euro? Ob's de Mei hot oder d'Polizei, des kann mir wurscht sei!

Mit gutem Beispiel voran gehen
Der Bernd, als Gemeinderat seines Zeichens Jugendreferent der Gemeinde Moos, nimmt seine Aufgabe sehr ernst. Eines schönen Wintertages war er mit einigen Kindern unterwegs zur Bullhaubn – dem ehemaligen Baggerweiher in der Nähe von Sammern. Der Weiher war zugefroren, und der Bernd als alter Pädagoge erhob warnend den Finger: „Ma derf net auf's Eis geh', wenn net ganz sicher is, dass's scho trogt!" Zur Bestätigung seiner Worte ging er vorsichtig auf die Eisplatte. Da passierte es: Das Eis brach ein und Bernd holte sich nasse

Füße. Die Kinder wissen jetzt, dass es gefährlich ist, sich auf dünnem Eis zu bewegen.
Wenn es dem Esel zu wohl ist, geht er auf´s Eis!

Leut hätt ma gnua
Wenn in de Siebzgerjahr täglich in da Früah um halbe siebne in der Brauerei die Sirene ´gangen is, dann hat das Führungstriumvirat Direktor Stelzer, Braumeister Edi Reil und Dieter Teichert einen Rundgang gemacht, um zu sehen, ob die Arbeit auch richtig anlief. Die Fahrer wurden angehalten, schnell zu laden, damit sie aus dem Hof kämen und auch sonst gab es hie und da einige motivierende Anmerkungen zum Arbeitsablauf.
Der Müllner - Muckl hat allein mit dem Auspacken von neuen Flaschen und dem Einpacken in die Tragl zu tun, er steht vor einem riesigen Berg von Flaschen - Kartons. Die drei schauen ihm ein wenig zu und dann stellt der Direktor Stelzer fest: „Das ist ja allein nicht zu schaffen. Wir brauchen mehr Leute!" Der Muckl schaut die drei vielsagend an und meint dann schlagfertig: „Leut hätt ma grad gnua! Aber d´Arbeiter sand z´weng!"

D´Melodie vergessn
Oana von uns Huadara, da Franz, is no ledig. Und weil ma den aa no unter d´Haubn bringa möchtn, drum sing ma oft des Liadl von da Brautschau. So aa z´Plattling im Bürgerspital beim Frühschoppen.

Da Franz hat sich schon umgezogen: Trachtenjanker, Halstuch, Sepplhuat, Blumengebinde in der Hand ...
Der Hans probiert auf der Quetschn noch schnell was – Noten hamma ja meistens net.
Auf einmal kimmt er näher: „He, wer woaß denn de Melodie vo dem Liadl noch?" Jeder probiert ummandand – d´Leut wartn scho, dass´s weitergeht.
Oba neahmt foit unter dem Druck die Melodie ein.
Dann hot se da Franz wieder auszogn und weiter ganga is´mit´n nächsten Liadl. Gspannt hot´s kaum ebba von de Leut – glaub i.

Wos bei de Frauen zählt
Iatz bin ia aa scho 60ge, und do frogt ma se manchmoi scho: Wia bleib i für´s weibliche Geschlecht attraktiv.
I hob mi so aa weng umg´schaut, wia´s andere mochan: Waschbrettbauch , moderns fetzigs Gwand, Pearcing, I- Pod, Motorradl, Cabriolet, Haarteil, Humor, Gegeelte Hoa, Ringe an de Finger, ...

Dann hob i ´s ausprobiert:
- I bin ins Fitnesstudio
- Hob mi ganz modern ausstaffiert
- Hob ma an flottn Fahrzeugpark zuaglegt:
   Auto, Roller, Radl
- Bin olle Tog oanahoib Stund im Bad g´standn
- Sogoa a Witzbüachl hob i mir kauft

Und da Erfolg: gleich Null. Koane hot anbissn.

Und dann hob i durch Zuafall entdeckt, wer do in Moos den meistn Damenbesuch kriagt: Des is da Strasser Sepp. Der hot zwar aa koan Waschbrettbauch und koa Cabrio, und is aa net viel schöner als i, aber bei dem gehen den ganzn Tog de Frauen in Scharen aus und ei. Und warum? Amoi hob i über sein Zaun g´schaut, und do hob i ´s g´sehgn:

Der hot:
Hehna, Antn, Gäns, Oa, Salat, Gurken, Tomaten, Radieserl, Paprika, Gelbe Ruam und, und, und ...
Und des hand de Sachan, de auf lange Sicht bei de Frauen zähln.

Da Hamberger Karl
Da Lehner Franz war amoi beim Dr. Speer. Und do muaß ma se in a Listn eintrogn, dass ma woaß, wer ois Nächster drankimmt. Er hot se oiso eintrogn, und weil´s eahm langweilig war, und se weiters a koa Sprechstundnhilfe um eahm kümmert hot, hot er aa no an Hamberger Karl ei´gschriebn, der Nam is eahm hoit grod eigfoin.
Nachdem er dann beim Doktor dran war, hat de Sprechstundenhilfe über Lautsprecher ins Wartezimmer durchg´sogt: „Herr Hamberger bitte!" Der hot se natürlich net g´rührt. De Arzthelferin is´ nachher selber ins Wartezimmer und hot nochg´schaut. Aber koan Hamberger hot´s net gfundn. Da frogt´s ihre Kollegin, ob sie an Herrn Hamberger kennt. De woaß aa nix. Schnell d´Karteikartn ang´schaut - um Gottes willen, do is goa koane do! Do wird da Doktor eh glei so hantig.

Nachher hammands glei no a Karteikartn g´schriebn.
Aa de dritte von de Damen hot koa Ahnung vom Herrn Hamberger g´hobt, und aso is hoit da Übernächste drankemma, und neahmd hot se erklärn kinnt, wo der Herr Hamberger hikemma is. Erst auf d´Nacht, wia d´ Jahrstorfer Gise (oane vo de Arzthelferinnen) mit´n Franz beim Zithernspieln z´sammkemma is, do is ihr a Liacht aufganga. Do hätt´s eahm aber boid a Trum nachig´worfa.
Wer denkt se denn, dass de glei an solchern Remmidemmi draus machand!

Unterschied Männer – Frauen

„ Vor Gott sind alle Menschen gleich", han i ois Bua schon in Religion g´lernt. Do loch i bloß! Von wegen gleich!! Und i moan iatz goa net de Unterschiede, de ma von da Weitn scho sehgt – i moan innere Unterschiede:
De Frauen sehgn ja de Welt schon ganz anders:
Wenn i dahoam am Schreibtisch sitz, dann geht direkt vor mir ´s Fenster auf d´Straß aussi.
Wenn iatz do da Nachbar vorbeigeht, dann registrier i ois Mo, dass da Nachbar vorbeiganga is, und noch zwoa Minuten han i des wieder vergessn.

Wenn do a Frau sitzt, de sehgt des Gleiche wia i, oba de verarbeit´ des ganz anders:
- Wo geht denn der um de Zeit scho hi?
  Normal is er oiwei a hoibe Stund später dro.
- Warum geht er denn heut so schnell?
- Warum hot denn der heut am Samstag ´s Arbeitsgwand net o? Arbeit der heut nix?
- Fahrt er mitn Bus wo hi?
- Was werd denn in da Plastiktütn drin sei? Ebbs schwaars is, des hot ma gsehgn.
- Heut schaut er a weng grantig – werds wieder ebbs gwen sei dahoam!
- Wiaso geht denn der heut überhaupt z´Fuaß?

Und ihrana Freundin erzählt s´ es dann 10 Minutn später am Telefon:
Stell dir vor, der Greiner, unser Nachbar, der hot wo oane auf da Seitn. Heut früah muaß er sich mit da Sein hübsch z´hackelt

hobn, weil er so schnell davo is. D´Samstag arbeit er normal owei schwarz, weils bei dene eh hint und vorn net glangt, oba heut is er scho a hoibe Stunde frühra wia sunst ausn Haus und hot ´s Feiertaggwand anghobt. Do hot er furt müaßn, weil da Bus so früah geht. ´s Auto hot eahm sie net lossn, weil´s d´Samstag oiwei zum Globus fahrt. Des Gspusi muaß Richtung Passau wohna, weil da Bus auf Plattling geht später. Vielleicht hot´s goa heut Geburtstog, weil er in a Tütn a Flascherl Champagner mitgschleppt hot. Wos wird er denn ihr wieder verzählt hobn, wo er hin fahrt. De hot woi Kartoffen auf de Augn, wenn´s des net g´spannt. Oba des hot amoi kemma müaßn, weil´s n oiwei so kurz g´hoitn hot. Iatz hot´s an Dreck do. Und sie verdient no dazua guat. Wenn er ´s Arbeitn aufhört, kann´s na furtbringa. Du, iatz muaß i auflegn, weil grod d´Nachbarin zurageht. Dera werd i glei amoi aufn Zahn fühln, wos do los is. I loss mir ja net ankenna, wos i scho woaß. Oiso, bis hernach.

Gespräch mit der Nachbarin:
Ja Inge, grüaß di Gott. Du heut scho so früah auf de Füaß? Zwoa Oa? Freilich kannst de hobn. Mochst an Kuacha? Hot ebba da Dei scho furtmüaßn heut? Aso, zu da Tante Paula is er zum Gratuliern gfahrn – mitn Bus. Mhm? Und du bochst no an Kuacha. Mei, enka Tante Paula hoit´s es in Ehrn, des hob i oiwei scho gsogt. Oiso dann no an schöna Samstag, und an schöna Gruaß an Willi!

Wir haben gelernt:
Der Mann schaut --- und vergisst. Die Frau stellt Zusammenhänge her. Und drum hamma mir auf lange Sicht koa Chance im Geschlechterkampf. De steckan uns locker in d´Taschn!

´s eigne Haus

Zur Hauseinweihung Jahrstorfer Abb und Judith am 8.1.1999

Ganz stoiz steht´s do, des neue Haus,
es schaut a wirklich sauber aus:
A Küch´, a Bad und ganz viel Zimmer,
es is modern, schöner geht´s fast nimmer.
Voi Freud seid´s ei´zogn im August
und ´s Haus hot scho ganz aufg´regt g´lust:
Wos werdn´s denn sog´n im Hochzeitsbett?
Oder ob´s glei schlafan? I glaub´s net!
Des Haus, des waarmt und schützt und kühlt,
do bist ganz sicher unterg´stellt.

Obwoi ´s no net ganz ferti is,
geht´s ab iatz rund, dessell is gwiß:
Jede Menge B´suach is scho boid do,
des Haus hoit´s aus, es biagt net o.
D´ Haustür läut´, da Fernseh´ spielt
und sogt, wos los is auf da Welt.
Und ´d Musi dröhnt vom Ennstal her
da Remmidemmi wird schnell mehr.
Und dann wird´s staader, man muaß wieder ebbs toa,
und ´s Haus, des steht dahoam alloa.
Doch d´Heizung hoazt des Wasser o,
daß ma auf d´Nacht schö duschn ko.
Und d´Uhr de zählt de Stundn mit,
da Kühlschrank kühlt für´n Appetit.

Und is aa ´s Haus no noglneu,
i denk mir grod: Wos werd ois´ sei?
Ob Sturm kimmt oder Schnee und Wind,
ob amoi eizoigt a kloans Kind,
ob d´Katz vom Nachbarn liegt im Bett,
oder im Keller ´s Wasser steht,
ob d´Huadara singan oder a Baby schreit,
ob Oana plärrt ois wia net gscheit,
ob Streit herrscht oder schönster Fried´n,
ob d´Dreikini um a Spende bitt´n,
ob d´Neujahrsbloser zuarahadschn
oder d´Ministrantn mit da Ratschn,
ob sie voi Freud bringt a neus G´wand,
ob er steckt mit oi Feund beinand.
Des ois erlebt des Haus voi mit,
und aa an Abb sein Appetit.

Und es werd öfter a a Kratzerl kriagn,
wenn ´d Katz´ schleicht auffi über d´Stiagn,
und hie und do amoi a Risserl,
und d´Farb plattelt ab a bisserl.
Doch es wird d´Hoamat iatz für enk.
Und wenn i an kloane Kinder denk,
de spieln do draußd im Gartn,
des kann des Haus kaam mehr erwartn.
No ganz vui Sachan werd des Haus dalebn,
es kannt in dreiß´g Jahr an Bericht obgebn.

Und daß´s des ois derpackt und sei Aufgab´erfüllt,
habt´s enk heut an Herrn Pfarrer herbestellt.
An Seg´n kriagt ´s Haus heut, daß ´s Glück drin wohnt,
daß ma sich auf´s Hoamgeh´gfreut, weil sich lohnt.
Und oiwei soi´s Ruah und Schutz bringa, ´s Haus,
ganz wurscht, ob a Sturm geht, herinn´ oder drauß´!

Pfarrer fällt unter Heudiebe
(mit freundlicher Erlaubnis von Brigitte Mittermaier)

Es war einmal ein wunderschöner heißer Sonntag, als sich unser Herr Pfarrer Heinrich Blömecke entschloss, sein Heu einzubringen. Er fuhr mit seiner Oldtimer-Heupresse Richtung Forstern zur Würf-Wiese.

Das Pressen des Heu´s verlief reibungslos. Voller Freude sah er nach getaner Arbeit ca. 90 schöne gepresste Bündel auf der Wiese liegen.

Glücklich und zufrieden fuhr er nach Hause, um seine zwei Anhänger zu holen.

Ohne jegliche Vorahnung des Hirten machten sich die spontanen Heudiebe auf den Weg nach Forstern, um das Heu zu stehlen. Mit geliehenem Transportfahrzeug war es ein Vergnügen, die Heubündel aufzuladen. Einer der Heudiebe erkundigte sich über Mobilfunk beim H. Pfarrer, wann er wohl mit seinen zwei Anhängern und seinen Helfern den Pfarrhof verlassen werde. Somit hatten die Diebe Zeit, sich samt Heufuhre bei einer Maß Bier in der Maxmühle zu stärken. Die Zeit des Wartens wurde präzise eingeteilt, um den Erntehelfern nicht zu begegnen.

Als unser H. Pfarrer auf der Wiese ankam, traute er seinen Augen nicht, denn das Heu war bis auf 7 Bündel verschwunden. Als Wiedergutmachung luden die Diebe inzwischen das Heu bereits im Schafstall ab.
Enttäuscht kam unser Hirte mit den Helfern nach Hause. Umso größer war die Freude, als er die Heudiebe beim Abladen sah. Dass er die Zeche in der Maxmühle großzügig beglich, versteht sich von selbst.

Polizist sperrt sich selber ein
(ein fast unglaublicher Tatsachen- und Schicksalsbericht von F.Lehner)
Es war a hoassa Summadog heia in Jule, a Sunnda war's, i woass na wia heid und werd des meiner Lebtag ned vagessn kinna, es is guad ausganga aber der Schock bleibt hoid.....

Früahschicht bei der Polizei in Landau han i g'had, drei Weißwürscht g'essn, hoamgfahrn, um zwoa ins Bett glegt, weil i ja auf d Nacht wieder angreiffa hab müassn. Mei, i les da gern an Heimatroman, zum Ei'schloffa. „Die Sennerin mit dem falschen Gesicht", hob i g'lesn. Dann g'spüri 's, dass i bieseln muass, aba ned wega da Sennerin. Ummra hoibe Viere geh i zum Biesln, mach d' Tür hinter mir zua und bieselt. Geschäft planmässig erledigt, möcht ausse ....dawei: An Türgriff kann ma rundum drah, hundertmoi und geh duad gar nix mehr. Schö langsam hab i de Sach kapiert. Da brauchst ebban, vom Fenster aussehupfa is sinnlos, da brich i ma ned grad an Fuass, sonderns Gnack a no. Bin ja no recht zuversichtlich gwen, d Nachbarn sand ja immer in da Nahd. Aber do ned, koa oide

Sau is auf der Strass oder im Garten gwen. Da Marion ihr Katz, ja, de hod´s anscheinend gspannt, aber de hod ma a ned helfa kinna. Mia wars zwar zwida, aber schee langsam hab i leise um Hilfe gschrien, dann bin i aber lauda worn, neahmd had me ghört, dann hab i wieder nix gsagt, weil i mi aufgebn hab. Da Schutzpatron vo de Eigspirrtn is ma a ned eigfoin, dann hob i hoid zum Hl. Antonius ´bet, dem Schutzpatron vo de valorna Sachan, passt a, hob i ma denkt, im Grunde genommen bin i ja a „valorn" gwen.

Auf amoi kimmt a Lichtblick, d Marion mei Nachbarin, i bitts: „Geh Marion, helf ma, i hob me eigspiert!" „Is scho recht", hods gsagt und hod gar nix weida dagegn do und hod ihrne Bleame gossn. Des hot ma davo, wenn ma d´Nachbarin hie und do a bisserl anführt. „Marion, i bi fei echt eigspierrt!" Bis´ es dann endlich kapiert hod, und hod ma a Stafflei bracht, es sand zwoa guade Stundn vaganga…….! I war jedenfalls befreit und bin ois wia wenn nix gwen waar, in d´ Nachtschicht.

So am Montag drauf hob i mein ehemaligen Freind, an Abb, dawischt, assisstiert hamm eahm da Daniel und d Marion… ok, de drei hamm dann de Dier aufmocha kinna. I hab wieder einekinnt. An Abb hads a wengerl bressiert, er hot in d´Gemeinderatssitzung müassn. Aber er had ma vasprocha, dass a neahmd a Wördl vo mein Malheur sogt. Er had aber a zu mir gsogt: „Am liaban daad a das Gschloss glei ganz ausbaun, ned dassd wieda an Blödsinn mochst!"…. „Brauchts ned", hab i gsagt… „da feid se nix mehr, i bi gheilt."

Und er werd a gwiss nix gsagt hamm, weil am Dienstag in da Früah hamm me bloss zwoa Gemeinderäte angredt, dass i beim Klogeh aufpassn soid, und dass i ja d´ Tür ned zuamocha soid, wenn i alloa bin…

Auf d´Nacht geh i zum Duschn, eh klar dass ma se min Gwand ned duscht, geh na schnell ins Klo, bin scho drin und hau min Fuaß ganz lässig und unbedacht die Klotür zua. Mein´ Fehler hab i glei kapiert: Oh mei, jetzt geht dös scho wieda aa! Aber des Moi war i pudlnockat.

Nach a hoibatn Stund seg i die Nachbarstochter, de Stefanie, 13-14 Joahr oid. Wia soi i iatz dera des erklärn? „Hast du vom Papa a Jogginghosn oder so?" Sie verschwindt, kimmd nach a Viertlstund wieder, sie hod koa Jogginghose. Sie kennt sich net aus, wo da Bab sei Gwand had. I mecht ja eh ned sein Hochzeitsanzug, sondern bloß a Jogginghosn.... A Handduach dads ma abietn, aber was soll i denn damit, erstens glangt das nicht um meine schlanke Taille und zweitens is ja dann unten immer noch frei. Schließlich findt sie a Turnhose und mit Hilfe von a weitern Nachbarin kann ich beruhigt durch´s Fenster aussteigen. Das Schöne war, dass niemand gelacht hat.

Und dass i guade Nachbarn hob, zoigt des, dass die Marion und die Nachbarin nach Deggendorf gefahrn sand und mi zerst gfragt hammd, obs beruhigt furtfahrn kinnand. De größte Freid hamms ma gmacht, weil's ma a Dromme und zwoa Pfeiferl mitbrocht hamm, quasi für an Notruf an die Bevölkerung.

Nikolaus bei den Ederbuben
Der Abb spielte früher gern den Heiligen Nikolaus. In Begleitung wechselnder Krampusse besuchte er Kinder auf Bestellung der Eltern am Nikolausabend. Eines Tages war er bei den Ederbuben, direkt in der Nachbarschaft, um ihnen die Leviten zu lesen. Die Strafpredigt gipfelte in dem Satz: „Ihr dürft´s nicht immer so laut schreien. Euch hört man ja bis zu uns hinüber!"

Nikolaus mit Lesestörung
Der Abb war als Heiliger Nikolaus auch einmal beim Jäger Michael, als der noch klein war. Und wenn du als Nikolaus Brillenträger bist, und du kommst aus der Kälte in die warme Stube, dann passiert es ganz leicht, dass die Brille beschlägt. So auch in unserem Fall. Unser Heiliger hatte große Mühe, den von den Eltern sorgfältig vorbereiteten Bericht über den jungen Mann richtig zu verlesen.
Erstaunt war der Michael, als ihn der Heilige Nikolaus lobte: „Akkordeon spielst du auch! Das freut den Nikolaus!" Dabei hatte es geheißen, dass der Michael „Aikido" macht.
Auch Heilige sind nicht unfehlbar!

Wat spielt ihr´n jetz?
Kurz vor Weihnacht b´suacht „d´Mooser Blosn" traditionell Kranke und versuacht mit Weihnachtsliedern a bisserl festliche Stimmung vorzubereiten. Do war ma bei a älteren Dame,

de wo an norddeutschn Mitbürger (na ja, an Preußn hoit) ois Partner g´hobt hot. Nach dem erstn Bläserstück hamma a wenig g´ratscht und dann hamma uns zum nächstn Stückl herg´richt. Do hot da Preuß gfrogt: „Wat spielt ihr´n jetz?" I hob gsogt: „Jetzt fangen wir zum Singen an." „Ne, nicht wat ihr singt. Wat ihr spielt, wollt ich wissen."
Mir hamma dann g´spielt: „Jetzt fangen wir zum Singen an!"
Bis ma eahm des erklärt hättn ...

Weihnachtliche Nächstenliebe

Um Dreikönig liest der Bernd in der Zeitung, dass man im Recyclinghof die Christbäume abliefern kann. Nachdem die Andrea den Baum schon auf die Terrasse gestellt hat, beschließt er, ihn zu entsorgen. Um das Auto nicht zu verschmutzen fährt er nach Thundorf und holt sich vom Vater den Anhänger. Als er wieder in seiner Siedlung ist, trifft er den Greiler und bietet ihm gleich an, dass er seinen Baum auch mitnimmt. Ebenso geht´s beim Koni, beim Prokschy, beim Martl und noch bei einigen anderen. Am Schluss hat er eine schöne Fuhre beisammen, so dass sich die Fahrt wirklich lohnt. Mit sich und der Welt zufrieden bringt der hilfsbereite Nachbar den Hänger zurück nach Thundorf. Als er dann nach Haus fährt, bleibt ihm fast das Herz stehen: Auf seiner Terrasse steht – sein eigener Christbaum. Den hat er doch glatt vergessen. Seiner Andrea hat er dann weisgemacht, dass das Absicht war – ein Landeplatz für die Vögel.

Völkerverständigung

Ausflug der Stubnmusi mit Feucht Willi 1995 mit dem Zug in die Tschechei. Nach der Öffnung des „Eisernen Vorhangs" schaut man sich ein wenig im Nachbarland um. Nachdem die ganze Gesellschaft längere Zeit in dem Ort herumspaziert ist, fehlt kurz vor der Heimfahrt plötzlich die Orientierung. Keiner weiß mehr, in welcher Richtung der Bahnhof liegt. Und da keiner auch nur ein Wort tschechisch spricht, ist es gar nicht so einfach, nach dem Weg zu fragen.

Da hat der Willi die rettende Idee! Mutig geht er auf einen Tschechen zu und spricht ihn an: „Wo tsch, tsch, tsch?"

Der Tscheche antwortet höflich: „Wenn Sie den Bahnhof suchen, der ist da vorne!"

Auf großer Fahrt

Die Rentner (innen) lassen sich gerne mal entführen zu einer kleinen Werbefahrt. Wochen vorher spricht man sich ab: „Fahrst ebba aa mit? 10 Eier gibt´s und an Zuschuss zum Mittagessen von 5 Mark? Und kosten tuats nur 20 Mark - für´n ganzn Tag." De andere moant: „Na ja, i hob zwar g´sogt, dass i nimmer mitfahr. Aber wenn´s ebbs G´scheid´s hammd, ...? Aber kauffa tua i nix! Wo geht´s denn hi?" Und das ist ja der Kick: Diesmal steht im Prospekt: „Fahrt ins Blaue!" Da wenn ma´s mit ´n Wetter derrat, kann man einen schönen Tag verleben. An der Werbeveranstaltung muaß ma ja gar net teilnehmen!

Endlich is es so weit. Vor der Schlosswirtschaft versammelt sich ein Häuflein von 11 Mitreisenden, ´s Wetter passt auch, was will man mehr. Und die Erna hat sich diesmal gerüstet, weil sie das Busfahren nicht so vertragt. Heute hat sie gleich zwei Reisetabletten genommen, da kann nix fehlen!

Da kommt auch schon der Bus, er ist bereits halb voll mit Senioren aus anderen Dörfern, aber man findet bequem Platz. Die nächsten Mitfahrer werden in Aholming, dann in Tabertshausen an Bord genommen und schon geht´s Richtung Plattling. G´spannt bin i ...

In Plattling (9 km von daheim) biegt der Bus gleich nach der Kreuzung rechts ab in den Parkplatz. Aber da steht ja gar niemand! Was machma denn da? Da kommt schon die Durchsage: „Verehrte Gäste! Wir sind am Ziel unserer Reise. Wir wünschen einen schönen Aufenthalt."

Jetzt samma da: 10 Uhr Vormittag ist es, d´Erna hat zwei Reisetabletten eingenommen und de Fahrt ins Blaue geht zum Preysinghof. Man muaß zwar net dableibn, aber 20 DM hat

ma ja schließlich aa zahlt! Und zum Mittagessen gibt's 5,- DM Zuschuss, und was soll ma jetzt bis 3 Uhr Nachmittag in Plattling spazierengehn?
Und so hörn's sie sich, wie jedesmal, die Werbeveranstaltung an, so gesunde Bettdecken braucht ma unbedingt und die gibt's (zu dem hohen Preis) wirklich nur da! Und alle sitzen verbissen da mit dem festen Vorsatz, dass sie nichts kaufen. Und als endlich einer die Bettdecke für 320 DM kauft, steigert das die Laune des Verkäufers auch nicht mehr. Er wird immer grantiger, so dass er ihnen schon fast Leid tut und sie sich genieren, wo doch die Buskosten auch anfallen und der Essenszuschuss und der Mann muaß ja aa lebn und verdient den ganzen Tag nix.
Beim Mittagessen wäre der Maria noch eine gute Sparidee gekommen: Sie wollte eigentlich gar nix Größeres essen, sie sollten ihr von dem Zuschuss von 5 Mark nur zwei Wurstsemmeln machen. Das mögen sie aber nicht, der Zuschuss gilt nur für ein ganzes Essen. Dann bestellt sie sich halt eine Portion Spaghetti zu 13,80 DM, weil mit dem Zuschuss braucht sie eh nur 8,80 DM selber zahlen.
Als es allmählich zum Heimfahren wird, hat der Verkäufer immer noch nichts losgebracht außer einer Bettdecke. Wie er nun das unverwüstliche Melkfett anbietet, das bei jedem Wehdam hilft und notfalls auch zum Schmieren des Mähdreschers verwendet werden kann, da derbarmt er ihnen doch und sie kaufen ihm ein Doserl Melkfett ab zum Sonderpreis von 25 DM. Und so geht's dann heimwärts. Lachen müssen alle selber insgeheim, weil sie so angeführt worden sind, aber sie haben reichlich Gelegenheit zur Unterhaltung gehabt. Und daheim erzählen sie, dass das mit Plattling gar nicht so

schlimm war und sie sowieso nicht so gern Bus fahren mögen und das Fett ist so gesund und zum Mittagessen hat's einen Zuschuss gegeben und die Unterhaltung war recht nett. „Aber in Zukunft fahr i nimmer mit, weil wos de verkaufen, des brauch ja i net."
Und der Verkäufer gibt dem Busfahrer seine 380 DM, dem Wirtshaus braucht er nix gebn für die 5 DM Essenszuschuss, weil die die Spaghetti normal eh für nur 6,80 DM verkaufen und dann rechnet er schnell z´samm:

Einnahmen von den Leuten:	48 x 20 DM =	960 DM
Melkfett	30 x 24 DM =	720 DM
(1 DM hats ihm selber gekostet)		
Mittagessen hat der Wirt spendiert		0 DM
Gewinn von der Bettdecke		280 DM
abzüglich Buskosten & Werbung		500 DM
abzüglich Landeier	48 x 1,50 DM =	72 DM
	bleiben	**1388 DM**

Na ja, es is zwar a Scheißjob, aber man kann si schon damit über Wasser halten. Und ewig macht ma ja des aa net!

Der Abkürzungswahn –
Ein Tag wie jeder andere
Aufwecka loss i mi olle Tog vom UKW um Sechse in da Früah. In de Nachrichten kimmt, dass de Koalition vo CDU und FDP schö langsam ko geht. Aber aufsteh tua i erst, wenn mi mei LAG (Lebensabschnittsgefährtin) aussewirft. Im Frühstücksfernsehen von ARD und ZDF sehg i, wia der DFB bei der WM 2010 obgschnittn hot. War net schlecht. I tua mei Gschirr in AEG – Spüler und geh zum DOC. D´ Sprechstundnhilfe frogt glei, ob i mei AOK – Kartn dabei hob. An Zettl muaß i ausfülln mit Adresse und PLZ, weil se hammd iatz a GMBH mit vier Doktern.
Da DOC losst ma mei C&A –Hemmad ausziagn – BH brauch i o koan - und mocht a EKG und sogt dann glei: Du muaßt zum HNO. Wenigstens kriag i koa CT. Und BSE hob i aa net. Wos ma helfa daat, waar eindeutig, sogt er: FDH, dann kannt i aa wieder amoi an an FKK-Strand geh. Oba koa OP brauch i net.
I sitz mi in mein BMW, des is a saubers KFZ – hoffentlich is da TÜV no net obglaufa, sunst kann i mitn BMX-Radl fahrn. Oba i taat ma einfach mein MP3-Player in d´ Ohrn, dann mocht mir ´s Radeln nix aus. Weitere Streckn fahr i sowieso mit´n ICE – wenn d´GDE net streikt. Oba mei BMW fahrt 230 kmh, hot ABS, ASR und vor allem GPS, ohne des fahr i nimmer ausn Haus. Und beim ADAC bin i aa.
I loss a DVD lauffa, da CD-Player geht einwandfrei. Dann kemmand d´Nachrichten: Da HSV spielt gegen BVB, da FCB tuat se heuer hart, die Reisen in d´USA sind wieder mehra worn wegan starkn EURO und ´s BKA rollt die Verfahren gegen die APO von 1968 wieder auf. ´s FBI und der KGB arbeiten jetzt z´samm. Z´Plattling fahr i no schnell zur SPK hi, schiab mei

EC –Kartn ei und gib de PIN o – oder is des de TAN? De KTN baucht ma net beim Geldaussalossn und d´BLZ aa net. An Bausparer hob i bei der LBS.
Beim HNO geht´s ganz schnell, es is ois OK, er gibt ma a LSD, dass´ ma s´ganze ABC durcheinanderhaut.

I glaub, vo den ganzn Abkürzungen kriagn unsere Kinder ADHS und d´Rindviecher BSE. Wenn i nix mehr versteh, frog i einfach unsern BGM oder unsern BGR (Bischöflich Geistlichen Rat). Do schrei i grod no: SOS, geh LMAA und MFG.

Kemma mir aa in dem Büachl vor?

Das war die Frage meiner Enkelinnen Marie und Anika, als sie von dem Vorhaben, dieses Büchlein zu erstellen, erfuhren. Na ja, da kann man als Opa nicht nein sagen.

Deswegen die folgende Geschichte von den „Freuden" eines Opas.

Die zwei Enk(g)el (sechs und neun Jahre) übernachten halt manchmal bei uns, wenn ihre Eltern mal wieder „wichtige" Abendtermine wahrzunehmen haben. Und ein alter Brauch ist, dass sie gegen Morgen noch zu den Großeltern ins Bett kommen, diese „gefühlvoll" aufwecken und mit der Frage löchern: „Opa, kannst a G´schicht verzähln?" Meistens kommt in den Geschichten ein tapferer junger Mann vor, der vor gut 50 Jahren in Moos gelebt hat.

So auch an diesem Morgen. Kaum war eine Geschichte zu Ende, musste die nächste her – obwohl der Opa wirklich noch ziemlich müde war. „Opa, de mit´n Pferdl...", „Opa, wia da Nikolo kemma is ...", „Opa, wia´s du auf der Kuah reitn wolltst ..." und so ging es eine gefühlte Stunde dahin. Keine Chance mehr zum Einschlafen.

Es war zwar Winter, und die Sonne ging um diese Zeit recht spät auf, aber allmählich habe ich mich dann doch gewundert, dass es gar nicht hell wurde. Und so knipste ich die Nachttischlampe an und schaute auf den Wecker.

Halb vier! I glaub i spinn. Wecken mich die mitten in der Nacht und lassen mich den Mund fuslig reden – und ich hab´s nicht gemerkt.

Die zwei wurden schleunigst hinauskomplimentiert und allen Beteiligten waren noch ein paar Stündchen Schlaf gegönnt.

Fußballmatch (Sketch)

Vier Fans sitzen passend maskiert auf der Zuschauerbank, evtl. Rücken zum Zuschauer (T-Shirt, Fahne, Trompete, sportlich, Bierflaschl) – hinter ihnen Transparent „FC Moos"
Im Hintergrund: Stadionlärm (-atmosphäre)
Typen:
- Der Fachmann, Klugscheißer („Den Boi spiel i doch)
- Der Spötter, SR-Beschimpfer („Ja sehgst du net …?")
- Der Schmatzer („Da Boi is rund …")
- Der Schimpfer ("Der hot o no nia nix taugt")

alle: *Durcheinander* Bravo. Auf gehts Manner, heut pack ma´s, heut zoagn ma´s eahna. *Im Hintergrund Mannschaftsaufstellung über Lautsprecher, klatschen, Fahnen schwenken*

Schmatzer: Vom Feeling her hob i heut a guats Gfühl. Heut pack ma´s. Des nächste Spiel is oiwei des nächste.

Fachmann: Ma derf a so a Kreisklassenspiel net so wichtig nemma. Des wird ois viel z´stark hochsterilisiert.

Schimpfer: Am Anfang muaßt dein Gegner d´Schneid obkaufa. Wenn der auf´s Klo geht, gehst du mit! Keine Luft lossn!

Schmatzer: I sog oiwei: Oans mehr muaßt schiaßn wia de andern, dann host a echte Chance.

Fachmann: De spieln an Zeug z´samm. Lossts an Boi laufa, der hot de meiste Luft.

Spötter: Schiedsrichter Zeit!

Schmatzer: Wenn´s a so bleibt, geht´s unentschiedn aus.

Fachmann: Iatz stehts Null – Null. De Chancen noch kannts genauso gut umkehrt steh!

Schimpfer: *Blick nach oben:* Wo schiaßt denn der hi? Guat, dass unser Plotz so hoch ist!

Spötter: Schau hi, dem spielns ja an Boin durch d´Schuabandl! *Zu Spieler, laut:* Du derfst fei aa amoi vom Mittelkreis aussa geh!
Leiser: Draht ´z n fei in da Hoibzeit um, sunst schoißt er enk a Eigentor!

Schimpfer: De andern rennan und rennan. Und mir kinnma froh sein, wenn´s uns koan Spieler derfreart! Diese Strunze!!! Ich habe fertig!

Fachmann: Gwinna müaß ma, wenn ma net obsteign möchtn. Ois andere is völlig primär.

Schimpfer: Iatz fang ma boid oans ei. Wos hilft denn de Viererkettn, wenns net do is?

Fachmann: Da Boi ist rund. Werst sehgn, des Spiel is no net entschiedn. A Spiel dauert 90 Minuten, hot da.... da Dings... gesogt.

Schmatzer: *Aufspringen, reinrufen:* He, des Runde is da Boin. De haun auf ois, wos net bis drei am Baum obn is! Packt´s es. De hammd doch eh d´Hosn voi, dass ehana untn aussilauft.

Spötter: Normal hand ja Glücksspiele im Freien verboten – Der Plotz g´hört überdacht!
I sog oiwei: Flach spielen und hoch gewinnen, hoaßt de Devise!

Schmatzer: Kennst di jetzt du im Fuaßboi aus, oder bist a Sechzga? Gestern hob i scho gmoant, d´Sechzga sand Tabellnführer in der 2. Liga. Dabei hob i d´Zeitung verkehrt rum ghoitn.

<u>Fachmann:</u>	De zwoa, da Neuner und da Elfer hand scho a guats Sturmtrio.
<u>Spötter:</u>	Schau ma amoi, dann sehgn ma´s scho. Iatz nur net den Sand in den Kopf stecka!
<u>Fachmann:</u>	*Pfiff Schiri.* Wos pfeifst denn do? Des war doch a fairs Foul. Du brauchst ja an Blindnhund. Der hot doch koan Verwandtn beim Fuaßboi. Der hot doch Tomaten auf de Augn. Wo hamms denn den gfundn? Der hot na grod ganz leicht retouchiert!
<u>Spötter:</u>	Losst´s n liegn, der tritt se scho ein. Der wenn se mitn Fuaßboi Geld verdeana müassat, der daat verhungern!
<u>Schmatzer:</u>	Des Runde muaß in des Eckige! Den spiel i doch in da Telefonzelln schwindlig!
<u>Fachmann:</u>	A schöns Spiel, do braucht ma net so schnell schaun!
<u>Schimpfer:</u>	Wenn de beim Sauffa aa so verdorbn waarn, dann hätt d´Brauerei scho längst zugspirrt. Schau hi, iatz hamms eahm durch d´Hosnträger durchigschossn.
<u>Schmatzer:</u>	Abseits – abseits. Ja sehgst denn du des net, Schiri!
<u>Fachmann:</u>	Abseits is, wenn da Schiri pfeift. Der Linienrichter pfeift aa an Schmarrn zsamm! Do los i doch an Vorteil laufa.
<u>Spötter:</u>	Iatz is´eh glei goa.
<u>Fachmann:</u>	A Spiel dauert 90 Minutn, dreianeunzg hamma scho.
<u>Spötter:</u>	Schlusspfiff – goa is. Gibt so schöne Spiele – und do müassn se Fuaßboi spieln.

Schmatzer: Nach dem Spiel ist vor dem Spiel. Oba wenn ma aso weitertean, dann spiel ma nächsts Joa in da Sicherheitsliga.
Fachmann: Zuerst hamma koa Glück ghobt und dann is no ′s Pech dazuakemma.
Schimpfer: Sie hammd ganz schwach angfangt, oba dann stark nochlossn.
Spötter: *Zum Schiri:* War a schöns Spiel, Schiri! Schod, dass d′as net gsehgn host!
Schimpfer: ′s nächste Moi schau i mir liaba 60ge im Fernseher an - de verspieln zwar aa – oba dahoam is eighoazt.
Zuschauer: *Ein weiterer kommt vorbei*
Fachmann: Wia is denn des überhaupt ausganga?
Zuschauer: 3:2 für Oiming
Fachmann: Gega wen?
Zuschauer: Oacha!
Fachmann: Dann war des goa net Moos? I glaub, mia warn im foischn Film! Leck mi doch … Meiner Lebtog….
Geht schimpfend raus, Kappi auf den Boden
Und für des zoi i aa no drei Euro Eintritt. Ja, is denn heut scho Weihnachtn?